樂在學習

清水建二／著

鄭曉蘭／譯

英文
同義字
圖鑑

超圖解！
秒懂英文同義字
正確用法

くらべてわかる英単語

前言

會話進步的捷徑
就是精通「基本單字」

這是四十多年前我還是大學生時，因短期留學寄宿倫敦當地家庭的事。人在房間的我，聽到轟媽呼喚 "Kenji, dinner's ready." （建二，晚餐準備好囉。）

我瞬間說不出話來。「馬上過去」的英文怎麼說？直接翻成英文是 "I'm going"，但是總覺得很不自然，所以只好用 "OK" 這種保險的說法了事。

在那之後，同樣的對話又重複了好幾次，直到某個週日傍晚，我與寄宿家庭的兒子阿德里安在客廳下西洋棋時，廚房傳來一如往常的聲音 "Dinner's ready."

他到底會怎麼回答呢？我興致勃勃地期待著。結果，從他嘴裡說出的句子竟然是 "I'm coming, mom." （現在就過去，媽媽。）。「原來如此，不是 go，要用 come 啊！」時至今日，我仍清晰記得那種全新發現所帶來的感動。

這是我們在學英文時，很容易犯下的錯誤。也就是說，我們很容易統一死背「go ＝去、come ＝來」。

　　當然，初學者首先應該從記得這樣的意思開始，不過光是這樣是不夠的。

　　特別是 come，不只是某人「來」到說話者的所在之處，掌握說話者「去」到成為話題中心之處或聽話者所在之處的這個意義也很重要。

　　如果要明確呈現 go 與 come 的差別，那就是 go 意為「起點」，而 come 意為「抵達點」。

　　go 通常與表達去處的語句一起使用。

　　例如，如果是 "I'm going to Tokyo"，意思是「我要去東京」；如果是沒有表達去處的 "I'm going"，表達的意思會變成「我現在要從所在之處離開」。

　　因此，面對 "Dinner's ready." 的呼喚，要是回答成 "I'm going"，意思僅止於「要從這個地方離開」，沒辦法表達出要去吃晚餐的地方。

　　此外，go 與 come 的特徵是將焦點放在動作的開始。

　　例如，「請在兩點到這裡來」的英譯是 "Be here at 2 o'clock"（兩點時，人要在這裡）。

　　要是直譯成 "Come here at 2 o'clock"，就會變成

傳達出「請在兩點時，展開來到這裡的動作」這樣詭異的內容，所以母語者絕對不會使用這樣的表現。

同樣地，「兩點到公司去上班」也不用 go，而是用 get，文句表達是 "Get to the office at 2 o'clock"。

有人說「TOEIC 考試明明拿到高分，一旦要開口對話，英文就是說不出來」、「定期去英語會話學校上課，卻總是沒辦法進步」。

這是為什麼呢？

我認為原因之一，是其中有很多人都輕忽基本的英文單字學習。

最近有越來越多英文學習書籍，強調所謂「國中英語」的重要性，而我相信想讓會話進步的最佳捷徑，就是精通其中的基本單字。

本書是從日常會話不可或缺的英文單字中，嚴格挑選出母語者幾乎是下意識區別運用的基本單字。

透過簡潔明瞭的解說，以及巧妙呈現出單字本身所具備的意象的插畫，就能培養出與母語者相同的語感，自然而然運用英文單字。

　　衷心希望各位讀者與本書的邂逅，能成為大家
享受全新英文單字學習樂趣的契機。

清水 建二

令和元（二〇一九）年六月

Contents

Part 3　隨視角改變的 10 組英文單字

Part 4　移動或變化的 8 組英文單字

part **1**

溝通用的

11 組英文單字

say／tell
說

◆ **say**「說」話

◆ **tell**「說」內容

say 與 tell 的區別，在我們學生時期學習的英文文法中有個大提示。

> He <u>said</u> to me, "I have to go immediately."
>
> He <u>told</u> me that he had to go immediately.
>
> （他對我說：「現在得立刻過去。」）

這部分，請注意 say 與 tell 的受詞。

採用直述句的 say，受詞直接呈現他所說的原文（"I have to go immediately."）；相對而言，採用轉述句的 tell，受詞是人（me）與他所說的內容（that he had to go immediately）。

換句話說，say 聚焦於實際被說出來的話語，而 tell 聚焦於發話內容。

為此，say 的受詞僅限實際被說出來的話語或 <u>it ／ so ／ that ／ something ／ anything ／ nothing ／ words</u> 等詞彙。

拍照按下快門時：

> <u>Say</u> cheese. （說"起司"。）

倒酒時：

> <u>Say</u> when. （覺得差不多的時候，請說一聲。）

所以聽人這麼說，只要各自回應 cheese 或 when 就好。不過後者情況，用 ok 或 all right 或許也行。

　　另一方面，像「說件有意思的事」、「說個笑話」，聚焦於內容，所以並不是 say a funny story 或 say a joke，而是 tell a funny story 或 tell a joke。

> tell a funny story（說件有意思的事）
>
> tell a joke（說個笑話）

同樣地，以下也是用 tell。

> tell the truth（說實話）
>
> tell lies （a lie）（說謊）

　　say 的受詞無法用表達人的詞彙，所以如果是「請別跟任何人說」：

> Don't tell anyone.（請不要對任何人說。）

（ 問 題 ）

(1) He （said ／ told） the news to everybody he saw.
他見人就說那個消息。

(2) What a silly thing to（say ／ tell）!
怎麼會說這麼蠢的事！

(3) I wished I had（said ／ told）nothing about him.
我希望自己當初沒針對他說些什麼。

(4) What made you（say ／ tell）so?
你為什麼會這麼說呢？

(5) She（says ／ tells）a story to her children every night.
她每晚為孩子說一個故事。

解答 ⑴ told * 傳達該消息的內容　⑵ say * 受詞用的是 thing，所以是 say
⑶ said * 受詞用的是 nothing，所以是 say　⑷ say * 受詞用的是 so
或 such a thing，所以是 say　⑸ tells * 傳達故事的內容

meet ／ see
碰面

◆ meet
與初次相見的人「碰面」、
決定好日期時間或場所
然後「碰面」、正式與人「碰面」

◆ see
與非初次相見的人「碰面」、為了與對方商量事情,
決定好日期時間或場所然後「碰面」

meet 可運用於各式各樣的不同狀況，像是與某人初次碰面時、偶然碰面時、決定好日期時間的碰面、在正式場合的碰面等。

如果是派對等場合，想與某人認識的話，或許可以自行製造機會、展開對話。

I don't think we have met before.
（我想我們以前沒有見過面。）

與初次見面的人打招呼時：

Nice to meet you.（很高興認識你。）

如果是路上偶然邂逅：

We met on the street by chance.
（我們在路上偶然邂逅。）

如果是決定好日期時間或場所後碰面：

I'll meet you at the airport.
（我會去機場接你。）

另一方面，如果是第二次之後的碰面，用的是 see。

Nice to see you again.（很開心又見到你。）

暌違已久重逢時，或許可以這麼說。

Long time no see.（真是好久不見了呢。）

附帶一提，這句「Long time no see」的表現，據說是過去英國與中國做生意時，英國人將中國人「好久不見」的招呼語，直接翻譯創造出來的英文。

　　道別時的招呼語會是這樣的。

> See you （later）. （拜拜。）
> See you on Monday. （週一見。）

　　也有 "See you again" 這樣的說法，這是縮短 "I hope to see you again" 的表現。由於隱含「如果能再見就好了」的語感，並未表現出「真的想見面」的情緒。

　　前文提過，決定好日期時間後再見面時是用 meet，但是如果對象是醫生、律師、老師等，碰面後要與對方商量事情的情況，就不是用 meet 而是 see，這點請注意。

　　此外，see 的進行式會變成「與～交往」的意思。

> How long have you been seeing him ？
> （你與他交往多久了？）

（ 問 題 ）

(1) The Prime Minister（met / saw）other European Leaders for talks.
首相與歐洲領袖會面，展開對話。

(2) You ought to（meet / see）a doctor about that cough.
你還是請醫師幫你看看那個咳嗽比較好啦。

(3) I first（met / saw）my husband at university.
我與丈夫是在大學初次相遇。

(4) I have to（meet / see）my son's teacher about his grades.
我必須與我兒子的老師會面，談談他的成績。

(5) Will you（meet / see）me at the airport?
你會到機場接我嗎？

解答　(1) met＊正式會面用 meet　(2) see＊「請醫師看診」用 see a doctor
(3) met＊初次見面用 meet　(4) see＊與老師約好日期時間後碰面用
see　(5) meet＊「接」是 meet

talk ／ speak
談

◆ talk
焦點放在說話行為的 「談」 （內容並不重要）

◆ speak
「說」特定語言或「談」演說等有條理的內容（不一定要有傾聽對象）

　　「健談」這樣的形容詞是 talkative，但是<u>動詞的 talk 聚焦於有傾聽對象的談論行為，使用於談論內容並不重要的情境中</u>。基本上是個不及物動詞。

　　例如，老師上課時對著在教室吵鬧的學生說，

Why are you <u>talking</u> all the time?
（你為什麼老是在聊天？）
People will <u>talk</u>.（人言可畏。）

talk 做為及物動詞，有以下用法。

<u>talk</u> nonsense（胡說八道）
<u>talk</u> business（談生意）
<u>talk</u> ＋人＋ into（out of）～
（說服人去做（不做）～）

　　而名詞的 talk 也常用於內容並不重要的情境之中。

small <u>talk</u>（閒聊）
baby <u>talk</u>（牙牙兒語）
girl <u>talk</u>（好姊妹聊天）

　　另一方面，<u>speak 則用於「出聲說話」、「說出語言」、「演說」等，從短話到長話各種不同種類的</u>

言語表達。

> Can you <u>speak</u> a little louder?
>
> （可以說大聲一點嗎？）
>
> I can't <u>speak</u> French.（我不會說法語。）
>
> I'm not good at <u>speaking</u> in public.
>
> （我不擅長在人前說話。）

<u>speak 與 talk 不同，不一定需要傾聽對象，基本</u>
<u>上是說出有條理的內容。</u>

任何人都能在倫敦海德公園一角自由演說。那
裡有所謂的「演說者之角（Speaker's Corner）」，這
個 speaker 意指「演說者」。Speaker 還有「擴音器」
的意思，如果是 a good English speaker，還有「擅長
說英文的人」等含意。

這個詞彙的名詞形是 speech，這基本上也是說
出有條理的內容，所以用來表現「演說」、「發言」、
「口語」等意。

（問題）

(1) Do you（talk / speak）English?
你說英語嗎？

(2) The baby is beginning to（talk / speak）.
寶寶已經開始呀呀學語了。

(3) He was so shocked that he couldn't（talk / speak）.
他過於震驚以致於啞口無言。

(4) I have to（talk / speak）in front of the whole school today.
我今天必須在全校面前說話。

(5) My son doesn't（talk / speak）much.
我的兒子不太說話。

解答 (1) speak ＊說某種語言是 speak (2) talk ＊有傾聽對象，並非聚焦於說話內容，所以是用 talk (3) speak ＊無須傾聽對象，出聲說話所以是 speak (4) speak ＊演說等說出有條理的內容時用 speak (5) talk ＊同②

make／have／
let／get
讓

◆ **mave**
強制性的 「讓～」

◆ **have**
雙方認為理所當然的
「讓～」

◆ **let**
允許下位者去做什麼的「讓～」

◆ **get**
說服努力過後的「讓～」

使役動詞「讓人～」的 make ／ have ／ let ／ get 等，有必要好好區分使用。

首先整理語法差異，相對於 make ／ have ／ let 後面直接用〈受詞＋原形不定詞（動詞原形）〉，只有 get 是用〈受詞＋ to 不定詞〉。

make 基本上是強制性的「讓～」。由於是強制性的，使用的狀況是懲罰等不樂意的事情，又或對方想拒絕卻拒絕不了的狀況。

只是，主語是東西或事情時，不在此限。make 的原義是「揉捏製作麵包或黏土」，概念是逐漸形塑出某種狀況或狀態。

His joke made us laugh.

（他的玩笑讓我們笑了。）

have 運用於支付金錢使其工作或提供服務，上司讓部屬去做些什麼、雙親讓孩子去跑腿、老師讓學生寫作業等，雙方對於「做～、讓人做～」都感到理所當然的狀況。

主要是 have 原本的「所有」概念膨脹後，「讓」本身支配之下的某人去做些什麼的感覺。

let 與 have 或 make 的基本差異在於，呈現出「讓」下位者去做些什麼的「允許」意涵。

　　let 原義是「疲憊而撒手不管」，請想像面對想做某件事的人，自暴自棄地覺得「算了」，隨便對方去做的樣子。我覺得「冰雪奇緣」的主題曲 "Let It Go" 歌詞的日文翻譯「展現原貌吧」（中文翻譯：放開手），非常貼切地表現出原文意涵。

　　最後的 get，就如同 "how to get to the station"（車站怎麼去），聚焦於過程。具備的語感是歷經說服、努力、下功夫的過程後的「讓～」。

> I got him to help with this work.
> （總算讓他幫忙這個工作了。）

（ 問 題 ）

(1) This dress（makes / has / lets / gets）me look fat.
這件衣服讓我看來很胖。

(2) （Make / Have / Let / Get）me have a look at your picture.
讓我看一下你的照片。

(3) They（made / had / let / got）me wait in the rain.
他們讓我在雨中等。

(4) He（made / had / let / got）the gardener plant some trees.
他讓園丁種了幾棵樹。

(5) I（made / had / let / got）my sister to help me with my homework.
我請姊姊幫忙寫作業。

 解答　(1) makes * 營造出狀況用 make　(2) Let * 要求允許是 let　(3) made * 強制性的「讓〜」　(4) had * 支付金錢的「讓〜」　(5) got * 說服姊姊後的「讓〜」

teach／tell／show
教

◆ **teach**
建立系統，紮實地「教」
知識、學問、技能等

◆ **tell**
以語言傳達資訊的「教」

◆ **show**
以眼見瞭解的方式所呈現的「教」

查詢手邊國語辭典，關於「教」的意思會找到「引導對方培養知識、學問、技能等」、「將本身所知，告知對方」。

英文必須好好區分使用。

表達第一個意思<u>「引導對方培養知識、學問、技能等」，一般使用的單字是 teach</u>。

> My father <u>taught</u> me how to ride a bike.
>
> （爸爸教我怎麼騎腳踏車。）
>
> Mr. White <u>taught</u> me English.
>
> （懷特老師教我英文。）

教的人不是老師也無妨。感覺上是建立一套系統，紮實教導。順帶一提，這裡的「teach ＋人＋受詞」，暗示了「我從懷特老師那裡學習英文，培養出了英文能力」，傳達出以下文句內容的相同意思。

> Mr. White <u>taught</u> English to me.
>
> （懷特老師教我英文。）

<u>「將本身所知，告知對方」，是以 tell 來表達</u>。例如，為迷路的人指路等。只是，<u>如果不限於口語，實際帶對方到那個地方去，又或畫出地圖等的「教」，用的就不是 tell，而是 show</u>。

因此，如果對一個素未謀面的陌生人說 "Could you show me the way to the station?"，對於對方而言是個負擔滿沉重的要求，會變成失禮的請託。在此情況，請用 tell。

順帶一提，有人問路時，想說「讓我帶你過去吧」，或許可以這麼說。

I'll take you there.（我帶你過去吧。）
I'll guide you there.（我為你帶路吧。）

（問題）

(1) （Teach / Tell / Show）me your phone number again.
再跟我說一次你的電話號碼。

(2) Will you（teach / tell / show）me where we are on the map?
可以用地圖指出我們的所在位置嗎？

(3) His explanation（taught / told / showed）us very little about the product.
他的說明幾乎沒有傳達出關於產品的資訊。

(4) You can't（teach / tell / show）an old dog new tricks.
你無法教一隻老狗新把戲。

(5) Jack had to go, but he didn't（teach / tell / show）me why.
傑克必須走了，但他沒告訴我原因。

解答 （1）Tell＊口頭傳達是 tell　（2）show＊用地圖教，所以是 show
（3）told＊同①　（4）teach＊建立系統的教是 teach　（5）tell＊同①

promise / appointment / date / engagement
約定

◆ promise
不見得能遵守的「約定」

◆ appointment
決定好日期、時間或場所的「約定」

◆ date
與戀人見面的「約定」

◆ engagement
工作協定或契約等，無法輕易毀約的「約定」

有句話是這麼說的 "A promise is a promise.",其中有兩個含意,一是「說話算話」,另一個是「約定也是有可能被毀棄的」。

promise 就像這樣,基本上是一方給予對方的承諾,而前提就是「也可能會毀約」。

因此,有這樣的表現。

> keep one's promise(守約)
>
> break one's promise(毀約)

appointment 就如同醫生、牙醫、律師等的「預約」,美髮沙龍、健身房或護膚中心等的「預約」那樣,說的是決定好場所、時間後與人會面。

> Would you like to come to the party?
>
> (你要不要來參加派對呢?)

被這麼邀約,但是已經事先有約時,可以這樣拒絕。

> I'm sorry I have another appointment.

當然,這與戀人「約定碰面」的約會(date),是有所區分的。

> I had a <u>date</u> with Alice yesterday.
>
> （我昨天與愛麗絲約會。）
>
> Why not ask her out for a <u>date</u>?
>
> （你怎麼不找她出去約會呢？）

　　順帶一提，同樣都是「約定」，如果是列車、飛機、餐廳或飯店的「預約」，那就是 reservation。

　　工作上的「約定」、聚會等社交上的「約定」或文書上「協定、契約」等意義，是 engagement。這與 promise 或 appointment 不同，用於<u>無法輕易毀約的正式「約定」</u>。

　　無法輕易毀約的「婚約」是 engagement，日文「エンゲージリング（engage ring：婚戒）」正確英文應該是 engagement ring。

（問題）

(1) I've got a dental（appointment / reservation）at 3 o'clock.
我預約了 3 點看牙醫。

(2) He made（a promise / an appointment）to repay the loan in a week.
他承諾一週內會清償貸款。

(3) I'll make（an appointment / a date / a reservation）for the restaurant.
我會預約餐廳。

(4) Their（appointment / engagement）was announced in the paper.
他們的婚約在報上公布了。

(5) I made（an appointment / a date / a reservation）to meet my girlfriend at noon tomorrow.
我跟女朋友約好明天中午見面。

解答 (1) appointment (2) a promise * 「做出承諾」是用 make a promise
(3) a reservation (4) engagement (5) a date

ability／capacity／talent／faculty
才華、能力

◆ ability
人的智能、肉體方面的「能力」

◆ capacity
接受人或事物的「能力」

◆ talent （gift）
藝術領域的天賦或後天「才華」

◆ faculty
某領域的天賦或後天「才能」的正式用語

ability是人實際能達成的某種知性或肉體能力，意指「先天的才能」與「出生時雖不具備，憑藉教育等後天培養的能力」兩者。

> the <u>ability</u> to walk （行走能力）
>
> the <u>ability</u> to solve a difficult math problem
>
> （解答困難數學問題的能力）

ability 除了「ability + to 不定詞」，會用 ability at ／ in ～的形式。

capacity 源自「盛裝容器」的拉丁語，表現的是人或東西接納什麼，巧妙處理的能力，換言之是包容力、容納力等潛在能力。

> a stadium with a seating <u>capacity</u> of 20,000
>
> （能容納兩萬人的球場）

ability 與 capacity 變成形容詞，就能更清楚看出兩者差異。able 表達人所具備的永續能力，而 capable 不僅限於人，還包括東西具備的潛在能力，所以會有以下表達。這些情況，無法以 be able to 置換。

> The economy is <u>capable</u> of growing quickly.
>
> （經濟的急速成長是可能的。）

> When she's drunk, she is <u>capable</u> of saying
> awful rude things. （她只要一醉，就有能耐
> 說出非常粗魯的話來。）

<u>talent 表達藝術才能</u>，雖是與生俱來的天賦，卻能憑藉後天努力提升至更高層次的才能，又或擁有這種才能的人。

> a remarkable <u>talent</u> for music
> （對於音樂的出色才華）

換言之，對於幾乎所有人而言再怎麼努力都無法獲得的東西，那就是 talent。日文將那些上過電視，有些知名度的人（藝人），稱為「タレント（talent）」，但是英文正確說來應該稱之為 TV personality，或 media personality／figure 等。

gift 同樣意為上天賜與的天賦才華，使用上幾乎與 talent 同意。

<u>faculty 是正式用語</u>，相對於 talent 主要表達藝術才華，faculty 表達的是在某領域中先天或後天具備的特殊智能或身體機能、精神機能。

> the <u>faculty</u> of speech （語言機能）

（問題）

(1) The students are divided according to their（ability / capacity / talent）.
學生根據各自能力被區分開來。

(2) She has（an ability / a talent / a faculty）for mathematics.
她具備數學天賦。

(3) Everyone is born with（ability / capacity / talent）.
每個人都有與生俱來的才能。

(4) He has a great（ability / capacity / talent）for painting.
他擁有傑出的繪畫才華。

(5) The tank has（an ability / a capacity / a faculty）of 100 liters.
水槽的容量是一百公升。

解答 (1) ability　(2) a faculty＊ability 會接 at 或 in　(3) talent　(4) talent
(5) capacity

strength／power／ force
力量

◆ **strength**
表達體力、智力、精神力等「力量」

◆ **power**
同時包含權力或經濟力的「力量」

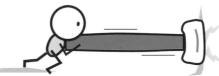

◆ **force**
物理性的「力量」，暗示武力或暴力的「力量」

strength 是指將某行為化為可能的能力，或肉體、精神、物理性的力量。譯為「體力、智力、精神力」等。

就如同酒精濃度高的酒會說 strong drinks，濃咖啡會說 strong coffee，酒精或飲料的濃度也會以strength 表現。

另一方面，power 同樣是將某行為化為可能的力量，就如同「電鑽」的 power drill、「發電廠」的power plant、「挖土機」的 power shovel，是個讓人聯想到肉眼可見動作的詞彙。

還有：

I'll do everything in my power.

（我會竭盡所能。）

這個句子暗示，除了竭盡潛藏本身的所有力量之外，也會運用財力或社會地位，去做自己做得到的事。簡而言之，power 就如同「權勢騷擾」的 power harassment、「權力鬥爭」的 power struggle，以軍力為背景的「權力政治」power politics 一樣，具有公家權力或權限、經濟力等語感。

strength 與 power 最明顯的差異，換成各自的形容詞加以比較，或許會很容易理解。也就是說：

> He is a <u>strong</u> person.
>
> （他是個體力好、強壯的人。）
>
> He is a <u>powerful</u> person.
>
> （他是個「在某組織中」擁有強大影響力的人。）

force 是發散於外的力量、因運動或變化所引發的力量，諸如此類被實際運用的物理性力量。

> the <u>force</u> of gravity（重力）
>
> magnetic <u>force</u>（磁力）

往往會讓人聯想到暴力或軍隊。

> by <u>force</u> and arms （暴力相持）
>
> <u>forced</u> labor（強制勞動）
>
> the <u>forces</u>（軍隊）

(問 題)

(1) He kicked the ball with all his（strength / power / force）.
他卯足全力踢了球。

(2) The economic（strength / power / force）of China is getting enormous.
中國的經濟力逐漸變得龐大。

(3) We should never resort to the use of（strength / power / force）.
我們永遠都不該訴諸武力的行使。

(4) He had the（strength / power / force）to hire and fire employees.
他有權力聘用並解雇員工。

(5) She has the（strength / power / force）to lift it.
她有力氣提起那個。

解答　(1) strength＊肉體的力量　(2) power　(3) force　(4) power
(5) strength＊同①

47

mistake ／ error ／ slip ／ blunder ／ fault

錯

◆ mistake

因不注意、誤會導致的「錯」，
忽視法則或原則所導致的「錯」

◆ error

判斷疏失、計測儀器誤差、
裁判誤判、運動上的失策

◆ slip

不注意造成的
小失誤

◆ blunder

會被追究責任的大
過錯

◆ fault

不討喜的性格、
過失、過錯

日文中常說「ケアレスミス（careless miss）」、「スペルミス（spell miss）」，但是正確英文應該是 careless mistakes（粗心的錯誤）、spelling mistakes（拼字錯誤）。

<u>mistakes 是表達「過錯、錯誤」最一般的詞彙</u>，幾乎所有情況都能使用。不過，原則是用於<u>不注意、誤會等導致的錯誤，又或忽視法則、原則所導致的錯誤</u>。

例如，操作電腦有誤時，該行為本身是 mistake。但是，電腦畫面顯示的並非 mistake，而是 error。那是因為，很難想像這樣的錯誤源自電腦不注意或誤會。

<u>error 是有些正式的詞彙，主要在表達判斷疏失、計測儀器誤差、裁判誤判、道德上的過失，另外還有運動領域中發生的失策</u>。

例如，棒球野手對於球落下位置的判斷有誤是用 error（但是不知道為什麼，網球的發球失誤不是用 error，而是用 fault）。

error 與 mistake 相較之下，mistake 遭受責難的程度會比較低。

slip 從「（失誤）滑倒」之意，也引申出因不注意導致的「小失誤」的用法。

> a <u>slip</u> of the tongue（小口誤）
> a <u>slip</u> of the pen（小筆誤）

另一方面，blunder 是源自愚昧、不注意，會被追究責任的「大錯、大失敗」，與其他詞彙相較之下，帶有強烈的責難感覺。

一般而言，「醫療疏失」是 medical error，不過如果是關乎死亡的醫療疏失，就不只 mistake 或 error 這麼簡單。這樣的疏失就真的是 blunder 了。

fault 可用於 mistake 與 error 兩者意思，但是主要表達的是「人的缺點或不討喜的性格」，又或那種做法造成的「過失、失敗」，是會被人重視後果責任的詞彙。

> He's always finding <u>fault</u> with others.
> （他總在挑別人的毛病。）

（問題）

(1) The letter was sent to me by（mistake / error / blunder）.
那封信被誤寄到我這裡來了。

(2) The accident was the result of the pilot's（mistake / error / fault）.
那個意外是機長的疏失造成的。

(3) It's my（mistake / error / fault）that we miss the train.
趕不上火車是我的錯。

(4) It was（a mistake / an error / a slip）of the tongue.
那是小口誤。

(5) Don't get angry with me. It wasn't my（mistake / error / fault）.
不要對我生氣。那又不是我的錯。

解答 (1) mistake　(2) error　(3) fault * 會被追究責任　(4) a slip　(5) fault

quarrel／fight／war／battle
紛爭、對戰

◆ fight
伴隨吵架、暴力或武器的「打架、對戰」

◆ quarrel
「口角、吵架」

◆ war 「戰爭」、2個以上組織之間的「競爭」

◆ battle
特定區域內的大規模「戰爭」，war 的一部分

用英文辭典查詢「爭辯」，上面寫著 argue。所謂的 argue 意為「完全不聽對方說什麼，自顧自地主張本身想說的」。名詞形的 argument 大多用於「口角、吵架」，而 argument 的同義詞就是 quarrel。

fight 與 quarrel 一樣都有「口角」之意，但是也具備伴隨暴力的「纏鬥」或使用武器的「對戰」之意。

war 基本上是各區域內兩國以上之間長期性的「戰爭」或「戰爭狀態」。

the World Under II ／ the Second World War
（第二次世界大戰）

the Vietnam War （越南戰爭）

例如，就像國內的內戰叫做 civil war，這個詞彙也能表現兩個以上的對立企業、國家、集團，根據共通目標互相競爭。

civil war （內戰）

a price war （價格戰）

a trade war （貿易戰）

棒球中所使用的球棒（bat）原本意為「棍棒」，

battle 的原義是「手持棍棒，數度相互攻擊」。

這個詞彙後來變成長期性 war 的一部分，說的是某特定區域內發生的大規模戰鬥。

例如，拿破崙戰爭（the Napoleonic Wars）中，有很多個別的戰鬥，拿破崙就是在 the Battle of Waterloo（滑鐵盧戰役）嘗到決定性敗北，才會失勢。

在法國巴黎國際機場「夏爾‧戴高樂機場」留名的戴高樂將軍有句名言，清楚呈現出 battle 與 war 的差別。

France has lost the <u>battle</u> but she has not lost the <u>war</u>.（法國輸掉了一次戰役，但是她還沒有輸掉這場戰爭。）

（問題）

(1) It was the year Britain declared（quarrel / fight / war / battle）on Germany.
正是那一年，英國對德國宣戰。

(2) They had a（quarrel / fight / battle）about money.
他們因為金錢問題起口角。

(3) A couple of（quarrels / fights / battles）broke out near the stadium after the game.
比賽過後，球場附近發生兩、三起鬥毆事件。

(4) You can win the（war / battles）but lose the（war / battles）.
即使在個別戰役中取勝，也可能輸掉整場戰爭。

(5) Britain fought two（wars / battles）in Europe in the 20th century.
英國二十世紀在歐洲打過兩場戰爭。

解答 (1) war＊「宣戰」是 declare war　(2) quarrel　(3) fights＊伴隨著暴力
(4) battles, war＊「個別戰役」是 battle、「整體戰爭」是 war　(5)
wars＊長期性的戰爭

question／problem／issue／affair／matter
問題

◆ question
可以預想到各式各樣答案的「問題」

◆ problem
需要邏輯思考的「問題、難題」

◆ issue
許多人關心的「問題」

◆ affair
社會性、政治性、國際性的「問題、關注事件」

◆ matter
重大「問題」、「事件」

question 是被各自詢問「能否解決」，預想到各式各樣答案的「問題」。

另一方面，problem 則是透過邏輯性思考或數學性途徑謀求解決，難以理解的棘手「問題」，換句話說，基本上是「難題、煩惱的根源」。

此外，預想到各式各樣答案的文科問題是 question；而相對而言，數學等理科問題是 problem，兩者有所區別。

> mathematical problem （數學問題）
>
> answer the question （回答問題）
>
> solve the problem （解決問題）

在議論或討論場合中被提出，成為話題的 problem（問題）是 issue，多半意指許多人關心的社會性、政治性或國際性問題。

issue 意為個人、社會的問題，聚焦於應被議論的「問題（點）」，也有「爭議焦點、爭論」之意。

affair 基本上是社會性、政治性、國際性的「問題、關注事件」。

current <u>affairs</u> （時事問題）

foreign <u>affairs</u> （外交問題）

India's internal <u>affairs</u> （印度的內政問題）

就如同 matter 的動詞意為「重要」，所以具備「重大問題」、「應處理的問題」的語感。

a <u>matter</u> of life or death （生死交關的問題）

Something is the <u>matter</u> with my watch.

（我的錶有問題。）

What's the <u>matter</u>?

（〔擔心對方狀況〕怎麼了？）

也可以單純當作「事情」之意使用。

It's the <u>matter</u> of time. （這是時間的問題。）

（問題）

(1) Salary increase and work hours are at（question / problem / issue / affair / matter）.
薪資調漲與勞動時間成為當前問題。

(2) To be or not to be, it's a（question / problem / matter）.
該生或該死，這是個問題。

(3) The country has huge economic（questions / problems / matters）.
那個國家存在很大的經濟問題。

(4) Foreign（problems / issues / affairs / matters）were not the only matters we discussed.
我們討論的不是只有外交問題。

(5) It's a（problem / matter）of personal taste.
那是個人喜好的問題。

解答 (1) issue * 成為話題的「問題」 (2) question * 能預想到各式各樣答案的哲學「問題」 (3) problems * 所謂「經濟」的棘手問題 (4) affairs * 外交問題是用 affair (5) matter * 意為「事情」的「問題」

part **2**

傳達情緒的

7 組英文單字

want／hope／wish
想望

◆ **want**
直接的 「願望、欲求」

◆ **hope**
實現可能性微乎其微
的 「願望、欲求」

◆ **wish**
幾乎不可能實現的
「願望、欲求」

　　表達願望或期盼的情緒，由弱至強依序是 wish-hope-want。像小嬰兒肚子餓哭叫著「給我牛奶！」、馬拉松選手由於脫水症狀要求水分時的欲求，就是 want 的基本意思。

　　換句話說，與能不能得手無關，<u>總之就是想要的欲求，又或整體欠缺一部分，想要填補這個空缺的自然直接欲求是 want</u>。沒有所謂 "I want that SV ～ " 的間接表現，就是因為這個原因。

　　想要看到愛上的男性的心情是：

I <u>want</u> to see him.（我想見他。）

want 也能表達「缺乏」、「不足」之意。

for <u>want</u> of money （錢不夠，～）

This watch <u>wants</u> repairing.（這支錶需要修理。）

He is <u>wanting</u> in common sense.（他缺乏常識。）

　　另一方面，hope 是雖然沒有實現的充分根據，卻隱含相信某種程度上可能實現的希望或願望。因此，如同「要求～」的 ask ／ call for，與表現要求的前置詞 for 相互連結。

<u>Hope</u> for peace.（祈求和平）

最後的 wish 則是大家熟悉的假設法。

I <u>wish</u> I were a bird.

（可以變成一隻小鳥就好了呢。）

基本意思是，**雖然幾乎不可能實現，可以的話希望成真的願望**。

實現程度依序是 want ＞ hope ＞ wish。

附帶一提，假設法為什麼要用過去式呢？例如 "He was a doctor"（他曾是醫師）這句過去式的英文，隱含「他現在不是醫師」的意思。換句話說，**過去式本來就具備否定現在事實的意涵**。

此外，如果是假設法，像 "I wish I were a bird" 這句，主語是單數也用 were，因為其中隱含著「不可能」的情緒。要求不容易獲得的事物時，也能與 hope 一樣使用 wish for ～的句型。

（ 問 題 ）

(1) Do you （want / hope / wish） some more tea?
想再來點紅茶嗎？

(2) I （want / hope / wish） I didn't have to go.
我希望不需要去。

(3) I do （want / hope / wish） everything goes well.
我真的希望一切都能順利。

(4) The carpet really （wants / hopes / wishes） cleaning.
那張地毯真的需要清洗。

(5) I （want / hope / wish） that his plane won't be delayed.
希望他的班機不要延遲。

解答　(1) want *"Do you want some ～？（來點～如何？）" 輕鬆推薦些
什麼的固定句型　(2) wish * 能與過去式一起使用的只有 wish　(3)
hope * 希望一切順利的情緒　(4) wants *want -ing 意為「需要～」
(5) hope *that 出現時能用 will 或 won't 的只有 hope

sure／certain
確定

◆ **sure**
根據主觀證據的「確定」

◆ **certain**
根據客觀證據的 「確定」

以下英文都正確，但兩者存在微妙差異。

I'm <u>sure</u> she'll come. （我確定她一定會來。）

I'm <u>certain</u> she'll come. （我確定她一定會來。）

sure 與 certain 的基本差異在於「確信程度」。

基於主觀證據的確信是 sure，基於客觀證據的確信以 certain 來表現。

換句話說，sure 表現的是即便沒有確切證據，深信「的確是那樣」、「希望會那樣」的內心狀態。用其他英文換句話說，近似 I hope ～或 I believe ～等意思。sure 或許也可思考成，讓擔心她會不會來的聽者安心的一種修辭。

相對而言，certain 表現的是擁有紮實證據，任誰來看都不會有錯的確信，給人陳述客觀事實的印象。

此外，sure 可做為副詞，表現「好啊」、「當然」之意。

A: Will you open the windows?

（可以打開窗戶嗎？）

B: <u>Sure</u>. （好啊。）

同樣地，certain 的副詞 certainly 也有相同意思。由於 certain 的客觀性強烈，也有母語者指出與 sure 相比，總能感覺到見外或冷淡的感覺。相反的，如果是必須與對方保持一定距離的正式場合，"Certainly" 也可以說是比較自然。

其他，當你非常確信卻因為某種理由刻意不明說時，certain 可做為「某～」的意思使用，常會被用在像是不認識，只知道名字這樣的狀況。

A <u>certain</u> Mr. Smith（某位史密斯先生）

只是，其後接續的名詞如果是 fact（事實）、evidence／proof（證據）等狀況，被做為「確實的、不可動搖的」之意使用。

（ 問 題 ）

(1) It is （sure / certain）that they will agree.
很確定他們會同意。

(2) （Sure / Certain）people will disagree with this.
某些人不會贊成這個的。

(3) "I bought a BMW."
"Are you （sure / certain）？"
「我買了一輛 BMW 耶。」「真的假的？」

(4) His opinion is based on a （sure / certain）fact.
他的意見根據的是確切的事實。

(5) "Could I have another beer?"
"（Sure / Certainly）,sir. "
「可以再來一杯啤酒嗎？」「好的，先生。」

解答 (1) certain * 帶有客觀性的代名詞 it，與表現主觀的 sure 不相容 (2) certain * 只有 certain 有「某～」的意思 (3) sure * 很明顯是朋友之間的對話，所以用 sure (4) certain * 表現「確切證據」的客觀性用 certain (5) certainly * 正式場合，用 certainly 比較自然

interesting ／ funny ／ amusing ／ exciting
好玩、好笑

◆ **interesting**
萌生知性興趣的「好玩」

◆ **funny**
引人發笑的「好笑」

◆ **exciting**
讓人怦然心動、感覺
刺激的「好玩」

◆ **amusing**
讓人感受到好笑、樂趣的
「好笑」

　　日本會將那些受到時代劇或電玩遊戲影響，而喜歡上歷史的女性稱為「歷女」。就像這些歷女閱讀書籍、在博物館參觀時所感受到的「好玩」，<u>interesting 基本上激發的就是這種知性興趣或關心</u>。

　　而喜歡開玩笑，常逗學生笑的「好玩老師」，不是 "an interesting teacher"，而是 "a funny teacher"。<u>所謂的 funny 表現的是滑稽幽默，引人發笑的「好玩」</u>。

　　本來，fun 就是意為「樂趣」的名詞，現在也能做為形容詞使用。

> It was very <u>funny</u>.（那真的很好玩。）
> I had a <u>fun</u> time at the park.（我在那個公園享受了快樂時光。）

　　另一方面，amusing 是從希臘神話的藝術女神 "Mousa（繆思）" 衍生出的詞彙，原義是「看向繆思」。這個詞彙思考成 funny 之意再附加其他意思，會比較好理解吧。

　　「遊樂園」是 amusement park，所以<u>不只引發笑聲，同時也能感受到「樂趣」的就是 amusing</u>。

最後是 exciting，這個詞彙的語源是「顯露感情」，表現的是「讓人怦然心動、刺激」意思的好玩。在遊樂園搭乘雲霄飛車（roller coaster）發出怪聲，同時又覺得很好玩的感覺正是 exciting。

但是，同樣是雲霄飛車，對於有懼高症的人而言，感受到的可能超越 exciting，變成 thrilling 體驗了。thrilling 就像是有什麼刺進心裡的那種「毛骨悚然、忐忑感」。

（ 問 題 ）

(1) If this is your idea of joke, I don't find it at all （interesting / funny / amusing / excited）.
如果這是你開玩笑的點子，我完全不覺得到底哪裡好笑。

(2) I found his lecture on cancer very （interesting / funny / amusing / excited）.
我發現他關於癌症的課程很有意思。

(3) The theme park was （interesting / funny / amusing） to most kids.
那座主題樂園對很多孩子而言很好玩。

(4) The baseball game last night was very （interesting / funny / exciting）.
昨晚的棒球賽很刺激。

(5) One （interesting / amusing / exciting） story after another kept the audience laughing.
接連不斷的好笑故事，逗得聽眾笑個不停。

解答 ⑴ funny ＊玩笑的好笑程度　⑵ interesting ＊知性興趣或關心　⑶ amusing ＊遊樂園的好玩程度　⑷ exciting ＊比賽的刺激程度　⑸ amusing ＊帶有樂趣的好笑是 amusing

ashamed／embarrassed
羞愧

◆ **ashamed** 源自罪惡感或後悔的「羞愧」

◆ **embarrassed**
自己出糗，場面尷尬時的「羞愧」

日文中有很多像是「接連出糗」、「恬不知恥」、「丟人現眼」、「出門旅行、不怕出糗」等，關於羞愧的語句，這或許也是日本「羞恥文化」的佐證吧。

日文「恥ずかしい（羞愧）」有兩個意思，其一是做了什麼不好的事情，成為他人的輕蔑對象，又或對於本身所作所為感受到罪惡感的「羞愧」。

還有一個意思是，偶然在公眾面前出糗，感到尷尬時的「羞愧」。

英文中，這兩個意思是清楚區別開來的，前者是 ashamed，後者是 embarrassed。

例如，做出對朋友說謊或在考試作弊等，<u>違反道德的事情，因為後悔的情緒所萌生的「羞愧」是ashamed</u>。

ashamed 的名詞形是 shame（羞愧、恥辱），也能表現「遺憾的心情」。

That's a <u>shame</u>.（那很讓人遺憾。）

shame 的形容詞是 shameful，意思是對於行動或態度等「應該感到羞愧」又或「很糟糕」的意思。

shameful behavior （應該感到羞愧的行為。）

It's shameful to appeal to violence。

（對於訴諸暴力應該感到羞愧。）

另一方面，像是在意自己體型的人，在人前被問到體重；在眾人面前被絆倒；在超市收銀機前正準備付錢時，才發現錢包放在家裡等情況，**尷尬時感受到的「羞愧」則是** embarrassed。

同樣地，形容詞 embarrassing，就會變成是「讓人困擾的」、「讓人為難的」之意。

Don't ask me such an embarrassing question.

（別問這麼讓人難堪的問題。）

名詞形是 embarrassment。

（問題）

(1) She slightly felt（ashamed / embarrassed）at being the center of attention.
她對於成為注目焦點，覺得有點不好意思。

(2) I am（ashamed / embarrassed）that I didn't believe you.
當初不相信你，讓我感到羞愧。

(3) I felt（shame / embarrassment）at having told a lie.
我對於撒謊感到羞愧。

(4) What（a shame / an embarrassment）you didn't win!
你沒贏真是太遺憾了！

(5) I felt（ashamed / embarrassed）about how messy the house was.
家裡亂七八糟讓我覺得很不好意思。

解答 (1) embarrassed * 大眾面前感受到的羞愧　(2) ashamed * 對於本身採取行動所感受到的罪惡感　(3) shame * 同②　(4) a shame * 意為「遺憾」　(5) embarrassed * 尷尬的羞愧情緒

satisfied / content / satisfactory

滿意

◆ satisfied

已經充分「滿意」

◆ content

雖然還是感到不滿，但是已經無法要求更多，姑且接受的「滿意」

A	😊	Excellent
B	🙂	Good
C	😐	Satisfactory
D	🙁	Below Average
F	😖	Failure

satisfactory

satisfied

◆ satisfactory

雖然仍有不滿，但是已經達到最低標準。用於事物讓人感受到的「滿意」

「滿意了」、「對～感到滿意」等意，英文中有 be satisfied with ～以及 be content with 這兩種表達方式，但是傳達出的內容會有微妙差異。

satisfied 是及物動詞 satisfy 的形容詞。

satisfied 是「（要求或希望充分）獲得滿足」，相對而言 content 則具備「（多少還是有不滿，但是已經無法期待更多，覺得先不計較）姑且接受」的語感。

類似文句，也會如同以下例句，表達出不同含意。

> He is <u>satisfied</u> with his present job.
>
> （他很滿意目前的工作。）
>
> He is <u>content</u> with his present job.
>
> （〔考慮到近來的不景氣，只得對目前工作
>
> 甘之如飴，所以〕他很滿意目前的工作。）

也可以用 gratified 取代 satisfied，不過是感覺正式的用語，日常對話避免使用或許比較好。

此外，想表現「本身希望被實現很開心、滿足」的情緒，最一般的詞彙就是 happy。

> I'm <u>happy</u> with the result.（我很滿意這個結果。）

及物動詞 satisfy 有個形容詞 satisfactory。意思近於 content，是「雖然仍有不滿的點，不過已經達到最低程度標準，可以覺得還算滿意」。這絕對不是稱讚話語。因此，如果獲邀享用晚餐，原本是想說「實在很滿意」，卻用到 satisfactory，或許就不會再被邀請了吧。

此外，satisfactory 意思是事物讓人感受到的「滿意」，主詞不會用人。

> Today's dinner was quite satisfactory.
> （今天的晚餐〔雖然還是有一點不滿〕
> 　讓人滿意。）

一般而言，美國的學校評量成績時，雖然各州可能不太相同，不過 A（excellent）／ B（good）／ C（satisfactory）／ D（below average）都算及格，而 F（failure）是不及格。考慮到這一點，satisfactory 果然不能說是讓人滿意的成績。

（問 題）

(1) He had to be（satisfied / content / satisfactory）with the third place.
他必須甘於第三名這樣的成績。

(2) Keep all letters from（satisfied / content / satisfactory）customers.
請好好保管所有感到滿意的顧客信件。

(3) His homework was（satisfied / content / satisfactory）so I gave him a grade of C.
他的功課差強人意，所以我給了 C。

(4) Be（satisfied / content / satisfactory）with your small salary.
就算薪資微薄，也要感到滿足了。

(5) I'm not completely（satisfied / content / satisfactory）with the result.
我並不是說完全滿意這個結果。

解答　(1) content * 不得已接受～的意思。此外 satisfactory 的主詞不能是人　(2) satisfied　(3) satisfactory　(4) content * 同①　(5) satisfied * 能與 completely「完全」一起使用的只有 satisfied

be ready to／ be willing to
開心去做～

◆ **be ready to** 積極主動地感到開心

◆ **be willing to** 雖然不積極主動，但也不至於討厭

我已經記不清楚，是哪裡的居酒屋了，總之有店家是只要客人點了什麼，就會說「是的，牛舌一盤，很樂意為您服務」，像這樣最後補上一句「很樂意為您服務」，表現開心情緒；但是隨著來客數增加，他們的工作量也大增，那樣的情緒逐漸消逝，不知不覺中，那句話聽來就像是山谷回音一般的空洞口號。

只是「很開心幫忙」，翻譯成英文會想到以下兩句，大家會選哪一句呢？

> I'm ready to help you.（很開心幫忙）
> I'm willing to help you.（很開心幫忙）

如果是我，會毫不猶豫地選擇前者。

的確，不論是 be ready to 或 be willing to，翻譯過來都是相同意思的「開心去做～」，但是在積極性這一點卻有很大的差異。

ready 原義是「對於做～已經準備好了」，表現出積極主動地想做些什麼；相對而言，willing 用於雖然不主動積極，但是有人請託，也沒什麼特別理由要去拒絕的情況。也就是說，其中會有「不討厭做～」、「不排斥做～」這種消極含意強烈運作。

「很開心幫忙」這句話從意思翻譯，還有 "I'd be happy to help you." 以及 "I'd be glad to help you"，基本而言 happy 或 glad 都比 ready 更讓人感受到積極性。

　　不論是 happy 或 glad，基本上都是「開心」的意思，但是兩者存在微妙差異。happy 的語源源自「幸運的」，是打從心底自然湧現的單純「喜悅」，相對而言 glad 的語源則是「閃閃發亮」，暗示看到光亮時鬆一口氣的「喜悅」。

　　因此，以下傳達的內容會有微妙的差異。

I'm happy at the news.

I'm glad at the news.

（那個新聞讓我開心。）

　　前者是打從心底湧現的喜悅，後者是放下心中大石頭的喜悅。

（ 問 題 ）

(1) My friend, Jack is always（ready / willing）to help
me when in trouble.
我的朋友傑克，在我遭遇困難時總很樂意伸出援手。

(2) If you are（ready / willing）to fly at night, you can get
a much cheaper ticket.
你如果不介意夜間飛行，機票會比較便宜。

(3) I'm（ready / willing）to meet her again.
我想，再見她一面也無妨。

(4) She's always（ready / willing）to help in crisis.
她在危機時總很樂意主動幫忙。

(5) You said you needed a volunteer - well, I'm（ready /
willing）.
你之前說需要志工吧，那讓我來吧。

解答　(1) ready　(2) willing　(3) willing　(4) ready　(5) willing

heart／mind／soul
心

◆ heart
愛情或喜怒哀樂等感情
存在之處的「心」

◆ mind
思考存在之處的
「心」（腦袋）

◆ soul
與肉體相反的靈魂、信
仰意識的「心」（靈魂）

　　「心很溫暖的人」、「變心」、「充滿心意的禮物」、「心胸寬大的人」等，日文中有各式各樣關於「心」的用法，要翻譯成英文也是一件苦差事。

　　首先 heart，是喜怒哀樂等情感（feelings），特別是愛情存在之處。請思考成相當於「心、情緒」。

take heart （振奮精神）

lose heart （沮喪低潮）

to the bottom of one's heart （痛快、盡情地）

from the bottom of one's heart （打從心底）

　　另一方面，mind 是知性或理性存在之處，相當於「意志力、思考能力、意見」等。

read one's mind （看穿對方思考、意見＝心）

make up one's mind （決心、堅定意念）

be out of one's mind

（超脫理性範圍＝變得不可理喻）

　　那麼日文表現「心変わり（變心、改變主意）」，英文要說 mind 還是 heart 呢？由於是「改變自己的思考或意思」，所以會是 change one's mind，如果意思

是「沒有特別自覺，心情莫名地就是改變了」，就會是 have a change of heart。

　　英文並沒有 change one's heart 這種表現，是因為以意志力改變（change）還有以意志力無法改變的情感（heart），兩者性質原本就不相容。

　　soul 是 body 的反義詞，意為「靈魂、氣魄、精神力」，表現的是人心深層的部分或是堅定的信仰心。

> Our soul is immortal。
> （我們的靈魂是永恆的。）

（ 問 題 ）

(1) He has a very kind （heart / mind / soul）.
他有顆非常善良的心。

(2) He has a very sharp （heart / mind / soul）.
他的腦袋很敏銳。

(3) So many people ,so many （hearts / minds / souls）.
人多主意多（十人十心）。

(4) This painting lacks （heart / mind / soul）.
這幅畫缺乏靈魂。

(5) She has a broken （heart / mind / soul）.
她有顆破碎的心。

解答 (1) heart＊心或情緒 (2) mind＊思考能力 (3) minds＊意思是如果
人多，自然也會有很多不同的思考方式 (4) soul＊沒有靈魂的畫作
(5) heart＊受傷的情感

part **3**

〜〜〜〜〜〜〜〜〜〜〜〜

隨視角改變的
10 組英文單字

see／look／watch
看

◆ **see**

在沒有意識到的
情況下，自然映
入眼簾的「看」、
「理解」

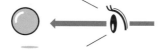

◆ **look**

在有意識的情況
下，視線移向該
處的「看」

◆ **see**

在沒有意識到的情況下，
自然映入眼簾的「看」

◆ **watch**

專注於移動物體，長時
間去「看」、「觀察」

see 基本上是沒有「想看」的意識，自然映入眼簾，不過電影、戲劇欣賞或運動賽事之類的看比賽，也能使用 see。

此外，就如同聽到對方說什麼表示贊同，會說

I see.（原來如此。）

see 可以用於看有內容的東西，也就是「調查」、「確認」、「理解」等意。

就如同想吸引對方注意時，會說

Look at the blackboard.（請看黑板這邊。）

Look!（看啊！）

look 基本上是具備要去看某特定東西的意識，將視線轉向一定方向。主要是去看靜止的東西。

所以說，視線轉向某處後，多半伴隨著 up／down／at／for／away／back 等表示方向的前置詞或副詞等，也就順理成章了。

look up （仰視）

look down （俯視）

look at ～ （看～）

look for ～ （找～）

look away （看向別處）

　　我們能從「bird-watching（賞鳥）」這句話類推，watch 基本上是意識專注於移動物體或有可能移動的某物體，「長時間去看」又或「觀察」。

　　watch 與 see 一樣，也能用於觀看電影或運動等情況，不過同樣一句「看電影」，傳達出的語感是不同的。

　　前者是放映在電影院大銀幕上的影像，自然映入眼簾的感覺；後者則聯想到注意力集中於電視等較小畫面的感覺。

（ 問 題 ）

(1) I（saw / looked / watched）in the dark, but（saw / looked / watched）nothing .
我在黑暗中想要去看，卻什麼都看不到。

(2) Did you（see / look / watch）what happened?
你看到（知道）發生什麼事了嗎？

(3) I（saw / looked / watched）everywhere but Jimmy was nowhere to be found.
我所有地方都看過了，就是找不到吉米。

(4) Do you want me to（see / look at / watch）the kids while you are out?
你出去的時候，要我幫忙顧小孩嗎？

(5) Can I（see / look at / watch）your ticket?
我能看看你的票嗎？

解答　(1) looked, saw * 有意識地朝一定方向去看是 look，結果自然看到是 see　(2) see * 有「理解」之意的只有 see　(3) looked * 同①　(4) watch * 長時間專注去看是 watch　(5) see * 調查確認票的真偽是 see

large／big
大

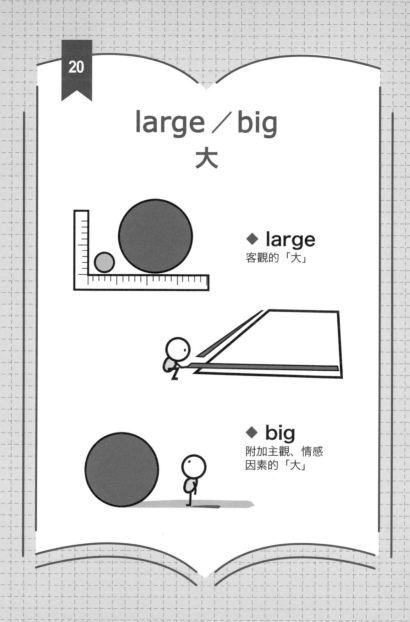

◆ **large**
客觀的「大」

◆ **big**
附加主觀、情感
因素的「大」

衣服或速食店的飲料尺寸會以 S（small）、M（medium）、L（large）來表示。像這樣表現大的 large，表現的是與他者比較時，物理性的物體「大小、寬度」。

例如，單純比較兩個東西時，

A is larger than B.（A 比 B 大。）

如果想問東京的物理性「大小」，也就是「面積」時：

How large is Tokyo?（東京有多大？）

large 由於是表現客觀大小，「數量」或「比例」大小也會用 large。

a large amount of money （大筆金錢）

a large number of people （大量人數）

a large proportion of the students

（大部分的學生）

large 在基本意義之外附加另一層含意就是 big。large 單純只表現物理性的大小、數量、比例；相對而言，big 則附帶主觀、情緒性要素。

How big is Tokyo?（東京有多大？）

這個問句不只問地理面積，會變成是在問居住其中的人或高樓大廈「有多多」，又或就政治、經濟層面而言大都會東京的「重要性」等。

　　要是在速食店點的 M 尺寸飲料「對我而言太大了」，就會是：

It's too <u>big</u> for me.（對我而言太大了）

　　此外，看到比自己身體還大的絨毛玩具時，孩子的反應會是

What a <u>big</u> doll it is!（哇，好大的布娃娃啊！）

　　正如同這個句子，**包含情感要素的 big，常用於讓人感受親切的暱稱等**。就像掛在英國國會議事堂上的大笨鐘 "Big Ben"，紐約的暱稱大蘋果 "Big Apple"，麥當勞的特大漢堡大麥克 "Big Mac"。

（ 問 題 ）

(1) Buying that house was a （large / big） mistake .
買那棟房子是個大錯誤。

(2) A （large / big） population of homeless people live in the park.
有為數眾多的遊民住在公園裡。

(3) Tonight is the （largest / biggest） match of his career.
今晚是他職涯最大的一場競賽。

(4) I'm a （large / big） fan to Hitoto Yo.
我是一青窈的鐵粉。

(5) He wears extra （large / big） shirts.
他穿特大號尺寸的上衣。

解答　(1) big＊「重要、嚴峻」之意是 big　(2) large＊表現「比例」或「數量」是 large　(3) biggest＊同①　(4) big＊包含喜歡的情緒是 big　(5) large＊表現與他者相較的是 large

small ／ little
小

◆ **small**
客觀的「小、狹窄」、
「不值一提」

◆ **little**
包含情感的「嬌小、惹
人憐愛」、「不值一提」

只要將 small 想成是前項提出的 large 的反義詞，或許就很容易理解吧。換句話說，<u>與他者比較時客觀的「小」或「狹窄」是 small</u>。選擇「大、中、小」的「小」，是 S（small）。

與 large 的情況一樣，small 也能用於「數量」或「比例」的小，<u>也可能用於「不值一提」的否定意涵</u>。

> live on a <u>small</u> income （靠微薄收入生活）
>
> a <u>small</u> amount of money （少額金錢）
>
> He made a <u>small</u> mistake.（他犯了微小疏失。）

另一方面，big 的反義詞是 little。 就如同 large 與 big 的關係，請將 little 想成是 small 外加附帶意涵。

<u>little 不單純只是「小」，還具備投注情感「嬌小、惹人憐愛」的語感</u>。

重視客觀性的 small 有 smaller-smallest 變化形，相對而言，little 原則上並沒有比較級與最高級。

little 與 big 一樣，被投注親切情感頻繁運用於這種暱稱，如「小熊座」的 "Little Bear"、洛杉磯「日本人居住區域」的 "Little Tokyo"、「小王子」的 "Little Prince"。

little 就像這樣，<u>基本上擁有正面聯想</u>，常會與 beautiful（美麗）／ pretty（可愛）／ nice（棒）／ sweet（甜美）等形容詞一起使用。

但是另一方面必須注意的是，little 也可能用於投注情感的否定意涵「不值一提」。

川普總統過去曾在聯合國中，稱呼金正恩為 "Little Rocket Man"，這可說是將 little 用於否定意涵的代表性例子。

此外，little 只會運用於名詞之前。

○ a <u>little</u> house （小房子）
╳ The house is <u>little</u>. （那個房子小小的）

（問題）

(1) The T-shirt was too（small / little）for him .
那件 T 恤對他而言太小了。

(2) My（small / little）brother is seven years old.
我的小弟七歲。

(3) Look at the cake decorated with（small / little）flowers!
看看那裝飾著小花花的蛋糕！

(4) They are having a relatively（small / little）wedding.
他們預定舉辦一場規模相對較小的婚禮。

(5) They live in a nice（small / little）house.
他們住在一個漂亮的小房子裡。

解答 (1) small＊客觀的小是 small　(2) little＊「弟弟」或「妹妹」等暱稱用 little　(3) little＊投注附加情感的 little　(4) small＊同①　(5) little＊同③

tall／high
高

◆ **tall** 從下方仰望的「高」

◆ **high**
只關注高處的「高」、
與他者比較的「高」

　　tall 與 high 的基本差異在於視線方向。視線投
向垂直方向是 tall，視線投向高處的一點是 high。

　　換句話說，tall（身高）是視線由下而上去看，
較為細長的對象；相對而言，high 是視線或意識僅投
注於高處。

　　例如，以下表現都沒有錯。

> a <u>tall</u> building （一棟高樓）
>
> a <u>high</u> building （一棟高樓）

　　但是就表達的內容而言，差異在於前者是從大
樓下方往上看，後者是站在高樓屋頂上說的話，又
或從飛機或直昇機上，只看著高樓較高處，一邊這
麼說的。

　　從以下提問，也可以非常清楚 tall 與 high 的
差別。

> How <u>tall</u> are you? （你的身高有多高？）
>
> How <u>high</u> are you? （你在多高的地方？）

　　無法站成垂直方向的小嬰兒身高，當然無法用
tall 來表現。由於是躺著測量，所以一般都是用「身
長（long）」。

就如同環繞監獄的高牆（high wall），high 可以用於高於平均值的情況。

> high heel （高跟）
> high ceiling （挑高很高的天花板）

此外，high 是在強調高，也能形容抽象事物。

> high price （高價）
> high-class （高等級的）
> high-school （高中）
> high society （上流社會）
> high technology （高科技）

另一方面，由下而上冷靜去看的 tall 很少與抽象名詞並用，只有以下的例外表現。

> tall price （漫天要價）
> tall story （無稽之談）
> tall order （艱鉅任務）

（ 問 題 ）

(1) I am（taller / higher）than my big brother by one inch .
我比哥哥高一英寸。

(2) The house was surrounded by a（tall / high）fence.
那房子圍繞著一道高聳的圍牆。

(3) The grass was knee-（tall / high）.
草地有膝蓋高。

(4) Look at the（tall / high）chimney over there.
看看那邊那根高聳的煙囪。

(5) Mt.Fuji is the（tallest / highest）mountain in Japan.
富士山是日本第一高峰。

解答 (1) taller＊細長的東西是 tall　(2) high＊表現高於平均的情況用 high
(3) high＊只聚焦於草地頂端高處　(4) tall＊同①　(5) highest＊垂直
方向延伸的細長山脈有可能用 tall，但是一般高山都用 high

107

fat／plump／
overweight／obese
胖

◆ **fat**

用在人身上是負面意涵的「胖」

◆ **plump**

用於女性或孩子的「豐滿、胖嘟嘟」

◆ **overweight**

比標準體重還要重的「過胖」

◆ **obese**

醫師所使用的「肥胖」

　　fat 是表現肥胖最一般、直接的詞彙，但是必須注意使用方式。

　　這個詞彙基本上是負面意涵，特別是面對女性時，不可以當面說出這個詞彙。因為 **fat 的意思就相當於「胖」**。這就像「我看起來胖嗎」這句話一樣，用在自己身上沒問題，用在對方身上，感覺上就是想吵架。

> You look fat.（你看起來很胖。）

　　同樣地，如果說 a fat leg，比起「胖腿」，翻譯成「象腿」或許更貼近原義。

　　只是，用 fat 形容事物時，也可能呈現正面語感。

> a fat purse　（塞滿錢的錢包）
>
> a fat income　（高額收入）

　　plump 相當於「豐滿、胖嘟嘟」。如同英國權威辭典 LDOCE（朗文當代英英辭典）所載 "slightly fat in a fairly pleasant way"，是以善意傳達出有點胖這件事。

　　這個詞彙特別以女性或小嬰兒為使用對象，另外也能用於果實等「果肉紮實」、「圓滾滾」之意。

109

> a <u>plump</u> baby （胖嘟嘟的小嬰兒）
>
> a <u>plump</u> face （圓潤臉龐）
>
> a <u>plump</u> tomato （圓滾滾的番茄）

中立表現「胖」這件事的是 overweight（過胖）。

此外，醫師對病患傳達已經胖到不健康，也就是「肥胖」時會用 obese。

（問題）

(1) The nurse was a cheerful（fat / plump / overweight / obese）woman .
那位護理師是位神采奕奕的豐滿女性。

(2) I'm so（fat / plump / overweight / obese）at the moment!
我現在好胖！

(3) She got mad when I said she is（fat / plump / overweight / obese）.
我說她胖，她就生氣了。

(4) He was diagnosed as（fat / plump / overweight / obese）.
他被診斷為「肥胖」。

(5) He is at least ten kilograms（fat / plump / overweight / obese）.
他至少超重 10kg。

 解答　(1) plump * 具備正面聯想的詞彙　(2) fat * 具備負面聯想的詞彙　(3) fat* 同②　(4) obese * 醫師使用的詞彙　(5) overweight * 中立詞彙

thin／lean／slim
瘦

◆ thin
具備中立與負面聯想的
「瘦」，東西的「薄」

◆ lean
滿身肌肉、沒有贅肉的「瘦」

◆ slim(slender)
維持體態的「瘦」

表達相對於身高而言的體重輕，也就是「瘦」，一般是用 thin。

這個詞彙可能傳達客觀中立聯想，也可能傳達負面聯想。

> a tall, <u>thin</u> man（高瘦的男性）
>
> look pale and <u>thin</u>（看來蒼白消瘦）

如下述，為了避免直接表達「fat」，也可與 not 等一起使用。

> She is not too <u>thin</u>.
>
> （她不是太瘦。）

thin 在形容東西時，做為 thick（厚）的反義詞，變成是「薄」。

> a <u>thin</u> slice of bread（一片薄麵包）

而所謂的「thinner」，是油漆等的「稀釋劑」。

另一方面，lean 是正面聯想，暗示游泳選手或其他運動選手那種「沒有贅肉的結實體型」。換句話說，由於「滿身肌肉的瘦」是 lean，所以主要用於男性。也可能表現什麼東西沒有脂肪的樣子。

最後的 slim，正式場合會變成 slender，兩者都是正面聯想的詞彙。

這是透過減重或運動，減少或維持體重，具備「維持苗條狀態」的語感，男女皆適用。

（ 問 題 ）

(1) Keiko, I really envy your lovely（thin / lean / slim）figure.
景子，我真的好羨慕妳那漂亮窈窕的體型喔。

(2) He was（thin / lean / slim）, and muscular.
他的身材精瘦又有肌肉。

(3) His brother is a（thin / lean / slim）athlete.
他的弟弟是精瘦的運動選手。

(4) Ken looked（thin / lean / slim）after his illness.
肯生病後看來很瘦。

(5) His hair is getting（thinner / leaner / slimmer）these days.
他的頭髮最近日漸稀薄。

 解答

(1) slim ＊對於女性的稱讚　(2) lean ＊渾身肌肉的精瘦　(3) lean ＊同②　(4) thin ＊具備負面聯想的是 thin　(5) thinner ＊東西變得稀薄是 thin

narrow ／ small
窄

◆ **narrow** 寬度狹小的「窄」

◆ **small** 面積狹小的「窄」

　　招待認識的人到自己家時，日本人常說「不好意思，家裡很窄……」，這樣的表現直譯成英文，很容易說成 "My house is narrow."（我家很窄），但是這句英文感覺有些怪怪的。

　　我自己本身也有過這麼一段苦澀的回憶，數十年前參加導遊口譯考試的第二階段考試（英文面試考試）時，可能是過於緊張，竟然把「日本是狹小的國家」說成 "Japan is a narrow country, so…"。面試官笑著指正我："Japan is not a narrow country but a small country."。但是，最後還是低空飛過合格了（I narrowly passed the test.）。

　　日文的形容詞「狹い（狹小）」意思不僅止於「寬度窄小」，也有「面積小」、「不寬敞」的意思，所以才會犯下這樣的英文錯誤吧。

　　英文意為<u>「面積小」的「狹小」，是以 small 來表達</u>。所以說 "My house is small." 才是正確說法。但是，如果是像（日本）「鰻之寢床」那種實際上是細長型的房子，也可能說 "My house is narrow."。此外，如果是看著地圖，想說「日本是個細長型的國家」，也能說 "Japan is a narrow country."。

narrow 並不是指「面積」，基本上單純只表達「一側到另一側的距離是短的」。

> a <u>narrow</u> street （狹窄道路）
>
> a <u>narrow</u> river （細長河川）

也可使用於知識、範圍、心的「狹小」。

> in a <u>narrow</u> sense （狹義〔而言〕）
>
> a <u>narrow</u> mind （氣量狹小）
>
> a <u>narrow</u> view （視野狹小）
>
> a <u>narrow</u> knowledge （知識狹隘）

也有「勉勉強強才……」的意思。

> a <u>narrow</u> victory （慘勝）
>
> a <u>narrow</u> escape （僥倖脫逃）

（ 問 題 ）

(1) He lives in a （narrow / small） apartment.
他住在狹小的公寓裡。

(2) The street is too （narrow / small） for a truck.
路太窄，卡車過不去。

(3) We drove along the （narrow / small） country lane.
我們開車沿著狹窄的鄉間小路兜風。

(4) The result was a （narrow / small） victory.
結果是慘勝。

(5) Cut the meat into （narrow / small） pieces.
把肉切小塊。

解答 (1) small (2) narrow (3) narrow (4) narrow (5) small

wide／large／broad
寬

◆ **wide** 寬度大的「寬」

◆ **large** 面積大的「寬」

◆ **broad** 魅力十足的廣度的「寬」（也用於身體部位）

就如同日文「狹い（狹小）」意思是「寬度窄小」以及「面積小」，而日文「広い（寬敞）」意思不僅止於「寬度大」，也有「面積大」的意思。但是，英語的「**寬度大**」是 wide，「**面積大**」則用 large。因此，要說「羨慕你的大房間」時，不是 wide room，而是 large room。

I envy your <u>large</u> room.（我羨慕你的大房間。）

前項提過，narrow（狹窄）表現的是「一側到另一側的距離是短的」，請將 wide 思考成 narrow 的反義詞。換句話說，wide（寬）表現的是「一側到另一側的距離是長的」。

a <u>wide</u> street （寬路）

a <u>wide</u> river （很寬的河流）

The lane is too <u>narrow</u> for my car to pass.

（巷子太窄，我的車子過不去。）

這句話以 wide 來表現，會變成這樣。

My car is too <u>wide</u> to pass the lane.

（我的車太寬，無法通過巷子。）

wide 是圍牆、牆上的洞、兩者落差等很大，又或眼睛、嘴巴、窗戶大開的狀態，另外也有選擇、種

121

類、知識、範圍很寬很多的意思。

　　牙醫會對患者這麼說。

> Open your mouth <u>wide</u>.（嘴巴張大。）

　　broad 與 wide 一樣，表現的是<u>「一側到另一側的距離是長的」</u>，是個會讓人聯想到寬敞表面寬度或魅力十足廣度的詞彙。

　　例如，a wide street 單純只是「寬路」，相對而言 a broad street 就會變成是「舒服寬敞的道路」的感覺。因此，紐約曼哈頓的 Broadway 要是變成 Wideway，就完全沒感覺了。

　　broad 會與表現身體部位的用語一起使用。

> <u>broad</u> shoulders （寬闊的肩膀）
>
> a <u>broad</u> forehead （額頭很高）

　　順帶一提，田徑中的跳遠，英語稱作 long jump，美語稱作 broad jump。

（問題）

(1) What is the（widest / broadest）river in the world?
世界最寬的河是哪一條？

(2) He has（wide / broad）shoulders and a narrow waist.
他的肩膀寬闊，腰部很細。

(3) How（wide / broad）is this bridge?
這座橋有多寬？

(4) Open your eyes（wide / broad）.
請把眼睛睜大。

(5) I want to live in a（wide / large / broad）house.
我想住在大房子裡。

解答 (1) widest (2) broad (3) wide (4) wide (5) large

123

coast／shore／beach／seaside
海岸

◆ **coast**
從地圖看來廣闊區域的「海岸」、從陸地看過去的海陸分界

◆ **shore**
從小島的海岸、從海上看到的海陸分界

◆ **beach**
沙灘、岸邊

◆ **seaside**
一般的海岸

　　coast 是像在地圖上看那樣廣闊區域的「海岸」或「沿岸」，用於從陸地看到的海陸分界（只是，如果說 coastline，意思則是從海那邊看到的「海岸線」）。

> the Atlantic coast of Spain
>
> （西班牙的大西洋海岸）

如下述，前提是說話者身處於陸地。

> We drove along the Pacific coast to Seattle.
>
> （我們沿著太平洋開車到西雅圖。）
>
> How long is the journey to the coast?
>
> （到海岸去的路程要多久？）

同樣地，以下是說話者從陸地看到船隻。

> The boat sailed along the coast.
>
> （船隻沿著海岸航行。）

　　from coast to coast，正如字面意義是「從海岸到海岸」，所以意思是「全國性的」；如果是美式英語，意思是「從大西洋海岸到太平洋海岸」。

　　相對而言，shore 則是表現海岸、湖畔、河岸最一般的詞彙，雖然不是絕對，不過有很多情況似乎都

是用來表現從海（湖、河）上看到的海陸分界。

> They managed to swim from the boat to the
> shore.（他們奮力從船這邊游上岸。）

　　此外，這個詞彙沒有像 coast 那種廣闊的意象，
表現小島「海岸」會用 shore，不會用 coast。

　　beach 是 shore 的一部分，表現的是沿海覆蓋砂
子或小石子的部分，相當於「沙灘、岸邊」。這個單
字感覺上是會聯想到人在做海水浴、散步等休閒活動
的地方。也可能用於表現「湖濱」之意。

　　seaside 在美式英語中是表現「海岸」的一般詞
彙，英式英語中是指「飯店、餐廳、店家林立的觀光
區、休閒區海岸」。

（ 問 題 ）

(1) The ship was wrecked on the Florida（coast / shore / beach）.
那艘船在佛羅里達海岸發生船難。

(2) The tourists were sunbathing on the（coast / shore / beach）.
觀光客在沙灘上做日光浴。

(3) He has a summer house on the（coast / shore / beach）of Lake Towada.
他在十和田湖濱有棟別墅。

(4) Lets' spend a holiday at the（beach / seaside / shore）.
我們假日去海邊度假吧。

(5) He quickly rowed to the（coast / shore）.
他很快地划到岸邊。

解答 (1) coast　(2) beach　(3) shore　(4) seaside　(5) shore

scene／scenery／view／sight／landscape
風景

◆ scene
舞台、場景、背景

◆ scenery
某地區的整體美麗自然風景

◆ view
展現眼前的美麗自然景致

◆ sight 映入眼簾的光景

◆ landscape
美麗的陸地、田園地區的
風景、風景畫

scene 源自希臘文 skene（劇場帳篷、舞台），基本上表現戲劇、電影、小說等的「<u>舞台、場景、背景</u>」。也可表現事件或事故的「現場」、某「場景、發生的事」，還有限定的「風景」，做為可數名詞使用。

scenery 基本意指山、森林或沙漠等「<u>某地區的整體美麗自然風景</u>」，也有意為舞台布置之意的「背景」。做為不可數名詞使用。

view 源自拉丁文 videre（看），基本表現<u>從窗戶或高處看去</u>，展現眼前的廣闊「<u>美麗自然景致</u>」。由於比 scenery 更為限定，請想成是 scenery 的一部分。

a room with a <u>view</u> of the sea
（能眺望海景的房間）

sight 是 see（看）的名詞形，單純表現根據視覺所獲得的「景致、光景」。

He has a poor <u>sight</u>.（他的視力不好。）
The thief ran away at the <u>sight</u> of the police officer.（那個賊在警察眼皮子底下溜了。）

> Out of <u>sight</u>, out of mind.
>
> （久不相見、情自疏離。）

　　landscape 是相對於 seascape（海景）的詞彙，表現一眼望去的美麗陸地、田園地區的「風景、風景畫」。

> Deforestation has changed the <u>landscape</u>.
>
> （森林砍伐已經改變了地景。）

（問題）

(1) The stopped at the top of the hill to admire the（scene / scenery）.
他們駐足於山丘頂端，讚嘆眼前景致。

(2) A huge nuclear reactor now spoils the（scene / view / sight）of the coastline.
海岸線風景如今被一座龐大的核能反應爐毀了。

(3) Homeless people are now a familiar（scene / view / sight）on our streets.
如今，遊民已成為我們街道上的熟悉光景。

(4) The（scenery / sight / landscape）from the mountains is green and beautiful.
從山上看過去的景色是一片美麗的翠綠。

(5) There are some violent（scenes / sceneries / sights）in the movie.
那部電影有幾幕暴力場面。

解答　(1) scenery * 從山丘環視的整體美麗自然風景　(2) view * 從特定場所看到的美麗自然風景　(3) sight * 藉由視覺獲得的光景　(4) landscape * 美麗的陸地或田園風景　(5) scenes * 電影的某一場景

part **4**

移動或變化的
8 組英文單字

go／come
去、來

◆ **go** 從說話者所在之處的「去、離去」

◆ **come** 「來」說話者所在之處

go 與 come 的差別，說直接一點就是「起點」或「抵達點」的差異。換句話說，go 是從說話者所在之處的「去、離開」，而 come 是「來」說話者的所在之處。

只是，come 也能使用於說話者「去成為話題中心的地方」或「去聽話者所在之處」。

Are you <u>going</u> to the party?
（你要去參加派對嗎？）

Are you <u>coming</u> to the party?
（〔我要去，〕你要去參加派對嗎？）

有人對我說 "Dinner's ready（晚餐準備好了喔）"，如果要說「馬上過去」，因為去的是吃飯的地方＝聽話者的所在之處，所以是：

I'm <u>coming</u>。（馬上過去。）

以下語句能清楚表現 go 與 come 的差別。

His temperature <u>went</u> dome.（他的體溫降了。）

His temperature <u>came</u> dome.（他的體溫降了。）

前者是以目前體溫做為「起點」，所以是「單純體溫下降」的狀況，又或「體溫從正常溫度下降」的狀況。

後者是以目前體溫為「抵達點」，暗示體溫從高溫狀態下降。come 多補充了這樣的語感。

go 與 come 也有「變成～」之意。常運用的意思，是將現在想成是好的狀態，「起點」的 go 是「變成」比現在更糟的狀態，而「抵達點」的 come 則是「變成」好的或原有的狀態。

由於 go 表現的是「起點」，基本上需要表現去處或樣態的語句。所以，如果沒有這樣的語句時，就會變成「（從當場）離開、死去、消失」的意思。

如果是獲邀參加的派對：

I'm afraid I must be going。

（很抱歉，我必須先告辭了。）

如果是外帶的店家：

For here or to go?

（內用還是外帶？）

（問題）

(1)
"Jane, get over here!"
"（Going / Coming）, dad."
「珍，你來一下！」
「爸，我馬上來。」

(2)
（Go / Come）and get me a drink.
去幫我拿杯飲料。

(3)
His dream（went / came）true.
他的夢想成真了。

(4)
He（went / came）bald in his early twenties.
他才 20 出頭就禿頭了。

(5)
Are you（going / coming）to the party?
（我要去，）你要去參加派對嗎？

解答　(1) Coming＊即將去聽話者－父親的所在之處　(2) Go＊從目前所在之處離開去拿　(3) came＊變成良好狀態是 come　(4) went＊變成不樂見狀態是 go　(5) coming＊來說話者所在之處（抵達點）

137

take／bring／fetch
拿 (帶) 去、拿 (帶) 來

◆ **take**

「拿（帶）去」（自己與對方都不在）的第三者所在之處

◆ **bring**

「拿（帶）來」自己的地方，又或「拿去」對方的所在之處

◆ **fetch**　「去＋帶來自己所在之處」

　　大家是不是都統一背誦 take 是「拿（帶）去」，而 bring 是「拿（帶）來」呢？

　　的確，take 是「拿（帶）去」，不過 bring 只背「拿（帶）來」，會變成是一知半解。

　　bring 也能表現「拿（帶）去」成為話題中心的地方，又或對方的所在之處。這一點，與 come 類似。

　　例如，海外旅遊的事前說明會上，隨行人員對旅行參加者會這麼說。

　　Please <u>bring</u> your coat.（請帶外套來。）

　　換句話說，take 的去處是第三者的所在之處（自己或對方都不在該處）；而 bring 的去處，則是對方的所在之處。

　　<u>Bring</u> it to me.（把那個拿到我這邊來。）

　　I'll <u>bring</u> it to you.

　　（我會把這個拿到你那邊去。）

　　如果是「請帶先生一起來」，很明顯是帶到自己的所在之處，所以是：

　　Please <u>bring</u> your husband.

　　（請帶先生一起來。）

take 的去處是第三者所在之處，由於語意不太明確，就算是說 "Please take your husband"，也無法充分傳達出明確語意。所以如果是用 take，就必須像這樣：

Please <u>take</u> your husband with you.
（請帶先生一起來。）
Please <u>take</u> your husband to the party.
（請帶先生一起來參加派對。）

加上「表示狀況或方向的語句」。

另一方面，fetch 是像扔出球，要狗兒「撿回來」那樣，基本上是「去到」某處，然後「帶～過來」（＝go and get me ～）。

（問 題）

(1) Did you（take / bring）an umbrella?
你有沒有帶傘來？

(2) His wife went to Australia,（taking / bringing）the children with her.
他的太太帶著孩子去了澳洲。

(3) Just（take / bring）yourself.
你人來就好。

(4) （Take / Bring）this to that bank for me
幫我把這個拿去那家銀行。

(5) I（took / brought）these pictures to show you.
我帶了這些照片來給你看。

解答 (1) bring *take 需要表現具體場所的語句 (2) taking * 自己或對方都不在的地方（此情況是澳洲）(3) bring * 自己的所在之處 (4) Take * 同② (5) brought * 對方的所在之處

141

fall ／ drog
落下

◆ **fall** 失去支撐力量的東西「落下」 （關注過程）

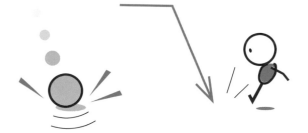

◆ **drop** 具備重量的東西瞬間「落下」

　　fall 就如同被風一吹，從枝幹上翩翩飄落的枯葉，意為失去與重力抗衡的力量或支撐，從上落下。聚焦於直到落下的整個過程。

　　不需要垂直落下，像是建築物或人倒下、布幕落下、頭髮垂下、土地傾斜等都用 fall 來表現。而樹葉從枝幹飄落的季節，美式英文是用 fall 呢。

　　附帶一提的是，falling leaves 是正在眼前翩翩飄落的樹葉，而 fallen leaves 則是已經掉到地面上的落葉。

　　另一方面，drop 則是根據具備重量的物體的重力法則，由上而下一邊加速同時落下。是砰然一聲墜地的意象。由於是突然落下，所以暗示突發性或意外性。也因此衍生出以下慣用句。

　　drop by a bar （順便晃到酒吧去）
　　drop dead （猝死）

　　此外，事物價值、量或程度急遽下降，也用 drop 來表現。drop 原本就有「突然」之意，常見加強語氣的 "drop sharply" 或 "drop quickly" 等表現。

　　兩個單字的發音差異，也就是 fall 的長母音相

對於 drop 的短母音，也暗示了 fall 需要某種程度的時間落下，而 drop 是急遽落下。

據說牛頓是看到蘋果從樹上落下，才發現萬有引力，當時蘋果的落下應該不是 fall 而是 drop 吧。換句話說，牛頓是聽到蘋果砰一聲落下墜地，而不是緩緩飄落的吧。

（問 題）

(1) The rain is（falling / dropping）from the leaves.
雨從樹葉落下。

(2) The tree was about to（fall / drop）.
那棵樹好像快倒了。

(3) He（fell / dropped）out of sight.
他不見了。

(4) September had come and the leaves were starting to
（fall / drop）.
時序邁入九月，樹葉開始飄落。

(5) （Fall / Drop）me off at the corner.
請在那個轉角放我下車。

解答　(1) dropping＊雨滴藉由重力氣勢洶洶落下，所以用 drop　(2) fall＊
樹木傾倒是緩緩倒下的樣子，所以用 fall　(3) dropped＊暗示突然不
見的意外性　④ fall＊樹葉飄落是用 fall　(4) fall＊樹葉飄落是用 fall
(5) Drop＊「放人下車」的及物動詞只能用 drop

start ／ begin
開始

◆ **start** 具備開始行動的突發性
或運動性的「開始」（第三者觀點）

◆ **begin** 當事人視角

> It <u>started</u> to rain（開始下雨了。）
>
> It <u>began</u> to rain（開始下雨了。）

兩句都是在表達「開始下雨了」，卻有微妙差別。

<u>兩句的觀點不同，start 是以第三者的立場表達「下雨」的狀況，而 begin 則是以當事人的立場表達</u>。

例如，棒球賽正值高潮時，開始下雨了。像巨蛋球場那種不會受天候影響的情況另當別論，比賽途中開始下雨時，看電視的人，也就是第三者就會說 start。但是實際參與棒球比賽的選手（當事人）就會說 begin。

除了棒球選手之外，在棒球場上看比賽的人，一旦下雨就會被淋濕，所以也是當事人。他們也會說 begin。

此外，不論 start 或 begin，就「此前持續處於靜止狀態的事物，邁入活動狀態」的含意而言是一樣的，不過 <u>begin 只聚焦於活動的開始，相對而言，start 的特徵則在於表現突然邁入活動狀態的突發性或運動性</u>。

說得更簡單一點，start 具備「展開行（活）動」這樣的動作意象。全餐中一開始先上的前菜，英式英文叫做 starter。

如果是跑百米：

start well （順利起跑）

如果是馬拉松：

slow starter （起跑慢的人）

starting line （起跑線，日文的「スタートライン〔start line〕」是和製英文）

英文會話初學者，因為沒有「展開行（活）動」的意思，所以不是 starter，叫做 beginner。

初次嘗試賽馬就壓對寶的幸運叫做

beginner's luck （新手的好運）

（ 問 題 ）

(1) The engine（started / began）suddenly.
引擎突然啟動。

(2) The fire（started / began）in the kitchen.
火災的起火點是在廚房。

(3) The word"house"（starts / begins）with the letter"h".
"house" 這個單字，始於 "h" 這個字母。

(4) "When I was young,"the teacher（started / began）.
「我年輕時……」，老師開始說道。

(5) I'm a（starter / beginner）in this field.
我在這個領域是個新手。

解答 (1) started * 具備突發性或運動性用 start　(2) started * 同①　(3) begins * 沒有突發性或運動性用 begin　(4) began * 同③　(5) beginner * 意為新手、菜鳥

33

fast／quick／early
快、早

◆ **fast** 連續性動作或運動維持一定狀態的「快」

◆ **quick**
動作或行動迅速的「快」

◆ **early** 時間區段中的「早」

截至二○一九年目前為止，維持百米短跑世界記錄九秒五八的尤塞恩・波特（Usain Bolt），英文會這麼說。

> the <u>fastest</u> runner in the world
> （全球跑最快的跑者）

fast 是表達「快速」最一般的用語，基本上<u>用於維持一定高速的持續動作或運動的人事物</u>。

日本傲視全球的磁浮列車一旦成真，可以這樣說吧。

> the world's <u>fastest</u> train （全球最快速的列車）

能縮短在迪士尼樂園等候遊樂設施時間的票券，也叫做 Disney FASTPASS（迪士尼快速通行券）。

另一方面，quick <u>具備「動作或行動不花時間，能迅速當場執行」的語感</u>，比起速度，更聚焦於決心、判斷、回答等的迅速。

想像一下相對於「（畫面播放等）慢動作（slow motion）」是「（畫面播放等）快動作（quick motion）」，又或排球的「快攻（quick attack）」，就會比較容易理解吧。

> make a <u>quick</u> decision （當機立斷）
>
> make a <u>quick</u> response （迅速反應）

early 是比預定時段更「早」，或在某段時間中的「早」。

> An <u>early</u> bird catches worm.
>
> （早起的鳥兒有蟲吃。）
>
> an <u>early</u> lunch （很早吃的午餐）
>
> a <u>quick</u> lunch （很快吃完的午餐）

此外，如果是速食（fast food），意指「很快就能吃到的食品」、「很快就能準備好的食品」，相反就是 slow food。

此外，fast 與 early 分別都能做為副詞使用，而 quick 的副詞是 quickly。

> run <u>fast</u> （快跑）
>
> get up <u>early</u> （早起）
>
> go <u>quickly</u> （快去）

（問題）

(1) We need to make（a fast / a quick / an early）start tomorrow.
我們明天必須很早出發。

(2) That can't be the time. My watch must be（fast / quick / early）.
不可能是這時間。我的錶一定是快了。

(3) She walked with short,（fast / quick / early）steps.
她以急促步伐迅速往前走。

(4) She's（a fast / a quick / an early）learner.
她學得很快。

(5) She's（a fast / a quick / an early）riser.
她是早起的人。

解答　(1) an early * 一天中的較早時間之意用 early　(2) fast * 持續性的一定快速所以是 fast　(3) quick * 動作或行為的迅速用 quick　(4) a quick * 同③　(5) an early * 同①

street ∕ road ∕ way ∕ lane
路

◆ street
有人行道，兩側有民宅或大樓林立的公共道「路」

◆ road
聚焦於運輸或移動的「路」

◆ way
路徑或表現方向的「路」

◆ lane
狹窄小巷、車道或路線的「路」

教育節目「芝麻街（Sesame Street）」，專為就學前的孩子所製作，舞台設定於紐約的某條街道（street）。讓人感受到類似風情的，就是 street。附帶一提，「芝麻街」這個名稱的由來，源自於「阿里巴巴與四十大盜」中的咒語 "Open Sesame"（芝麻開門）。

street 嚴格說來，<u>是位於都市或城鎮中的公共道路，通常兩邊任一側是人行道，一旁有民宅、商店或大樓林立</u>，可以徒步或讓交通工具移動的道路。

另一方面，<u>road 與意為「搭乘」交通工具的 ride 有相同語源，是聚焦於運送或移動的詞彙</u>。換句話說，意指不論城市或鄉間，從某一城鎮通往另一城鎮的道路，還有汽車、巴士、腳踏車等通行的道路。

road 也有抽象含意的「道路」或「方法」等意義。

There is no royal <u>road</u> to learning.
（求知無王道〔捷徑〕。）

<u>way 聚焦於抵達某處的「路徑」、「路程」、「方向」等過程</u>。因此，也可能像這樣換句話說。

Can you tell me how to get to the station?

Can you tell me the <u>way</u> to the station?

（可以告訴我到車站怎麼走嗎？）

其他還有 lane 這個詞彙，用於與 street 交錯的較狹窄道路，<u>也就是「胡同」、「巷弄」等意</u>。

這個詞彙也有快速道路上的「車道」之意，the fast lane 是「快車道」，而 life in the fast lane 意指「讓人心跳加速的刺激人生」。

此外日文外來語表示田徑的「トラック（track：賽道）」或泳池的「コース（course：泳道）」，正確而言並非 track 與 course，應該是 lane 才對。這些都因為「用線區隔出的狹窄通道」的意象，同樣使用 lane。

（ 問 題 ）

(1) There are many shops and restaurants on both sides of the（street / road / way / lane）.
那條道路兩側有許多商店與餐廳林立。

(2) It's cheaper to transport goods by（street / road / way / lane）than by rail.
利用道路運送商品會比鐵路便宜。

(3) The swimmer in（course / lane）four is coming up fast from behind.
第四泳道的泳將正在急起直追。

(4) This is one-（street / road / way / lane）traffic.
這是單行道。

(5) They live on a small, but pleasant country（street / road / way / lane）.
他們住在一條怡人的鄉間小路旁。

解答　(1) street * 兩側有店家或餐廳等林立的道路　(2) road * 聚焦於運送或移動　(3) lane * 運動的泳道　(4) way * 表現「路徑、方向」　(5) road * 從某一城鎮通往另一城鎮的道路

trip ／ tour ／ excursion ／ journey ／ travel
旅（行、程）

◆ **trip**
有目的較為短程的旅行、
移動或外出

◆ **travel** 主要作動詞

◆ **excursion**
短期團體觀光、輕旅行、
學校遠足

◆ **tour**
視察、觀光等有組織性、
計畫性的周遊旅行

◆ **journey**
陸路上較長程的「旅行」
或比喻人生的「旅程」

trip 除了觀光或蜜月等快樂的旅行之外，也能表現像出差這種**具備特殊目的、較為短期的旅行，又或因公外出**。

> sightseeing <u>trip</u> （觀光行程）
>
> honeymoon <u>trip</u> （蜜月旅行）
>
> business <u>trip</u> （出差）
>
> How was your <u>trip</u>? （這趟旅行如何？）
>
> Have a nice <u>trip</u>. （旅途愉快。）
>
> 同樣是 trip，觀光與工作的使用方式不同。
>
> take a <u>trip</u> to Paris. （去巴黎觀光）
>
> make a <u>trip</u> to Paris. （去巴黎出差）

<u>tour 與 turn（轉彎）衍生自同樣語源，意為視察、參訪、觀光等有組織性、計畫性的周遊旅行。</u>

附帶一提，短期團體觀光、輕旅行、學校遠足等用 excursion 來表現。

<u>陸路上較為長程的旅行是</u> journey，與其他像是 trip 或 tour 不同，不一定擁有歸途的意涵，所以就像能用於比喻人生旅程一般，帶有文學色彩。

> his <u>journey's</u> end （他人生的終點）

這個 journey 的反義詞，也就是較為漫長的海上航行、空中或太空旅程是 voyage，法文的「旅途愉快」就是 "Bon Voyage!" 吧。

最後，日文外來語最一般的「トラベル（travel）」主要做為動詞使用，做為名詞時前面常直接伴隨形容詞，也常做為形容詞使用。

air travel（空中之旅）
space travel（太空之旅）
travel agency（旅行社）
travel expenses（旅費）

（ 問 題 ）

（1）
We were given a guided（trip / tour / journey / travel）of the palace.
我們有導覽陪同參觀那座宮殿。

（2）
The palace is only a short（trip / tour / journey / travel）from here.
從這裡到那座宮殿的路程很短。

（3）
Your（trip / tour / journey / travel）includes one-day excursion to Disneyland.
你的觀光行程中包含迪士尼樂園一日遊。

（4）
I like reading（trip / tour / journey / travel）books.
我喜歡閱讀旅遊書籍。

（5）
He is planning a six-week（trip / tour / journey / travel）across Spain by train.
他正在計畫搭火車環遊西班牙的六週旅程。

解答　(1) tour＊導覽陪同的參觀是 tour　(2) trip＊短時間又或短距離的外出是 trip　(3) trip＊被規劃好的觀光是 trip　(4) travel＊能做為形容詞使用的名詞　(5) journey＊較漫長的陸路之旅

become ／ get ／ go
變成～

◆ get
暫時的變化，重視過程的「變成～」

◆ become
變成永續的狀態，重視結果的「變成～」

 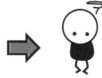

◆ go
「變成糟糕的狀態」

come ／ turn ／ fall
變成～

◆ **come**
「變成樂見狀態」

◆ **turn**
「變成截然不同的狀態」

◆ **fall**
突然變化導致的「變成～」

「變成～」的英文有很多，不過最一般的是動詞 become。become 的特徵在於**不重視在此之前的過程或時間，重視「最終變成～」的結果**。主要暗示變成了永續狀態。

> He <u>became</u> a doctor at the age of 30.
> （他在 30 歲時成為了醫師。）

雖然會這麼說，但是如下述：

> His dream is to <u>become</u> a doctor.
> （他的夢想是成為一位醫師。）
> His <u>dream</u> is to be a doctor.
> （他的夢想是成為一位醫師。）

　　這兩句英文，be 可以說是比 become 還要自然的英文。

　　因為，become a doctor 這樣的說法並沒有表現出成為醫師歷經的迂迴曲折過程，只聚焦於結果而已。

　　其他，意為「變成～」的動詞還有 get ／ go ／ come ／ turn ／ fall 等。

　　get 是暫時性的變化，重視過程。

> It's <u>getting</u> dark.（越來越暗了。）

　　go 表現的是陷入糟糕狀態的變化，而 come 則是邁入樂見狀態或恢復原本狀態的變化。因為 go 與 come 的差別，如前文所述，go 是表現「起點」，而 come 是「抵達點」。

come true（實現）

go blind（變成失明）

　　turn 表現的是例如冰變成水、蛹變成蝴蝶等，完全不同狀態的變化。主要多用於顏色、天氣、氣溫等變化。

The leaves are turning red.

（樹葉逐漸轉紅了。）

The tadpole turns into frog.

（蝌蚪會變成青蛙。）

　　fall 基本上是像樹葉從樹上掉落，承受空氣阻力緩緩「掉落、倒下」，伴隨形容詞時，表現突然變化成某種狀態。

fall ill（生病）

（問　題）

（1）His son finally （became / got / went） famous.
他的兒子終於變有名了。

（2）I （become / get / turn） tired easily these days.
我最近很容易累。

（3）Fish soon （becomes / goes / gets） bad in hot weather.
魚類在天氣炎熱時很快就會腐敗。

（4）Everything will （become / go / come） right in the end.
最後一切都會很順利的。

（5）He （became / went / fell） asleep while watching TV.
他看電視的時候睡著了。

解答 (1) became ＊成為永續狀態的變化是 became　(2) get ＊暫時性變化是 get　(3) goes ＊陷入糟糕狀態的變化是 go　(4) come ＊邁入樂見狀態的變化用 come　(5) fell ＊突然的變化用 fall

166

part **5**

〜〜〜〜〜〜〜〜〜〜〜〜〜〜

關於動作的

8 組英文單字

take／get
拿取

◆ **take** 自己採取行動的「拿取」

◆ **get** 被動、下意識的「拿取」、積極採取行動的「拿取」

　　「拿取」的 take 與 get，是日常會話中最頻繁使用的基本單字之一。這兩個單字必須區別使用。

　　take 基本上是「有意識地收下對方遞過來的東西」，還有「自己採取行動去拿到手」。

> take money from him （從他那裡收下錢）
>
> take a coin from the purse （從錢包拿出硬幣）

像這樣，聚焦於收下的行為。

　　相對而言，get 就「收為己有」這點而言是一樣的，但是過程卻不相同。

　　基本上有兩個意思，一是「被動無意識之間到手、變成毫無預期的狀態」。

> get a Christmas present
>
> （〔意外〕獲得聖誕節禮物）
>
> get promoted to sales manager （升任銷售經理）

不只好事，也可能是陷入糟糕狀態。

> get a cold from him （被他傳染感冒）
>
> get life imprisonment （被處以終身監禁）

還有一個意思是，「積極運作去弄到手，使其成為己有」。

　　在巴黎的咖啡廳中，以下兩句話意義大不相同。

Could I <u>have</u> a Irish coffee?

Could I <u>get</u> a cup of Irish coffee?

用 have 的話，前提是那家店原本就提供愛爾蘭咖啡（熱咖啡加威士忌，其上擠鮮奶油，不愧是寒冷國度才有的飲品）。

get 隱含「不知道這家店有沒有提供，因為想喝，總之先硬著頭皮點點看再說」的意圖。

當我們走進一家首度造訪的咖啡廳時，如果想喝冰水，不會說「請給我冰水」，會問「請問有沒有冰水」吧。這時候就是用 get。

<u>get 所具備的積極運作程度，從不需要太努力，到必須相當程度的努力都有，情況各不相同。</u>

He <u>got</u> a taxi to the airport.

（他叫到一輛計程車去機場。）

He <u>got</u> first prize in the contest.

（他在那場比賽中獲得冠軍。）

（ 問 題 ）

(1) He（took / got）a bullet in the thigh.
他的大腿中彈了。

(2) She（took / got）a cigarette from the package.
她從菸盒拿出一根菸。

(3) Did you manage to（take / get）tickets for the concert?
你有沒有成功拿到演唱會的票？

(4) He（took / got）her in his arms and kissed her.
他擁她入懷，然後親吻她。

(5) She（took / got）the gold medal in the Olympics.
她奪下了奧運金牌。

解答 (1) got＊毫無預期的意外是 get　(2) took＊自己採取行動拿到手是 take　(3) get＊積極運作拿到手是 get　(4) took＊同②　(5) got＊同③

pick ／ choose ／
select ／ elect

選

◆ **pick**
根據心情或直覺去「選」

◆ **choose**
從兩個以上的對象中，
「選」出自己喜歡的

◆ **select**
從三個以上的對象中，反覆
比較對照「選」出最適當的

◆ **elect**
某團體運用投票的「選」

這麼說或許很突兀，不過我們來玩輪盤吧。大家會選幾號呢？我想也有人會選擇自己喜歡的號碼或幸運號碼，不過大部分的人這時候會根據心情或直覺來選吧。這就是 pick 的基本。

換句話說，意識某種程度會集中沒錯，卻不太會動腦子，只是<u>根據當下心情或直覺從眾多對象中選擇</u>。

不論是挑選樂透號碼、玩撲克牌時選牌都是用 pick。

相對而言，choose 的語源是「嚐嚐看味道」，表現的是<u>從兩個以上的對象中，深思熟慮後選出自己喜歡的一個或更多</u>。

餐後甜點從好幾種蛋糕中選出自己喜歡的，就是用 choose。choose 的名詞形是 choice。

select 是<u>從三個以上的東西或人之中，反覆比較或對照</u>，審慎選出最適當的。

pick 或 choose 都是啟動本身喜好、直覺、專注力去選；換句話說，相對於這種主觀的選擇，select 聚焦於<u>客觀選擇</u>。

例如，大學的運動推薦徵選（通常是說 "selection"），由於校方想要更優秀的選手，首先會從書面審查開始，再來是面試、運動能力考核或實際技巧等，也就是說會從各種不同角度慎重選拔。這就是 select，沒有比這更好的選擇了，就是 the best selection。

elect 並非日常生活的選擇，表現的**是某團體選舉決定出負責特定工作的職位**。名詞 election 是「選舉、投票」。

（問題）

(1) （Pick / Choose / Select）a number from one to six.
從 1 到 6 之中選一個數字。

(2) You may（pick / choose / select）up to seven library books.
你從圖書館最多可以選到七本書借出。

(3) Bill was（picked / chosen / elected）captain of the team.
比爾被選為隊伍主將。

(4) I had to（pick / choose / select）between two job offers.
我必須從兩個工作邀約中選擇一個。

(5) They（picked / chose / selected）the winner from ten finalists.
他們從十位決選入圍者中，選出一位優勝者。

解答 (1) Pick * 根據當下心情或直覺去選是 pick　(2) choose* 選出自己喜歡的書籍是 choose　(3) elected * 投票選出是 elect　(4) choose * 從兩個之中選擇是 choose　(5) selected * 從眾多對象中嚴格挑選是 select

175

pull／draw／
drag／tug
拉

◆ **pull**
用力使其靠近自己的「拉」

◆ **draw**
滑動般的「拉」

◆ **drag**
強調摩擦，感覺像是拖的「拉」

◆ **tug**
使勁數度「拉」

　　<u>pull 不論水平或垂直，基本上就是使勁使其朝
自己的方向移動。</u>

　　相反的，使勁使其朝自己不在的方向移動就是
push（推）。

　　附帶一提，意為「壓」的 press，是不改變位置
的「施加壓力」，暗示對於對象所造成的影響。

> They <u>press</u> grapes to make wine.
>
> （他們壓搾葡萄製作葡萄酒。）

　　此外，若是對象物在力學關係中占上風，會變
成是施加力道的這方出現變化。

> He <u>pressed</u> his face against the window.
>
> （他將臉貼在窗戶上。）

　　<u>draw 基本上是以穩定力道，像緩慢滑動似的
拉</u>。當然，拉的對象與接觸面摩擦會變小。只要想想
以下動作，就很容易理解吧。

> <u>draw</u> a curtain （拉窗簾、關窗簾）
>
> <u>draw</u> a line （〔用鉛筆等〕拉出線條）

　　如果是用 pull a curtain，表現的就是將窗簾猛力
朝自己方向一拉。

　　draw 由於是像滑動般地拉近，特徵在於受詞是

用感受不到重量的東西。

也能用於「吸引」人的注意或興趣之意。

> <u>draw</u> someone's attention （引人注意）
> All eyes were <u>drawn</u> to the bride.
> （所有人的視線都被吸引到新娘身上。）

在棒球中，左打者往一壘方向打出的突擊短打稱為「drag bunt」，drag 基本上就是以水平或斜上方向「拉、拖」。焦點放在拉的對象與接觸面產生摩擦。對象是人的時候，會變成是「勉強那個人去他（她）不想去的地方」。

至於 tug，說到 tug-of-war 是「拔河」，我想藉此多少可以掌握到這個單字的意象。基本上是對對象施力，數度使勁拉扯。

> tug-of-war （拔河）
> tugboat （拖船）

(問 題)

(1) Can you（pull / draw / drag）me a map.
可以幫我畫地圖嗎？

(2) The city（pulls / draws / drags）millions of tourists to its casinos.
那個城市吸引數百萬觀光客造訪當地賭場。

(3) Don't（pull / draw / drag）my hair.
別拉我的頭髮。

(4) My mother used to（pull / draw / drag）me out to church every week.
我媽過去每週都硬拉我去教堂。

(5) This dress（pulls / draws / drags）on the ground when I walk.
這件洋裝（太長）在我走路時會拖地。

解答

(1) draw * 畫地圖是像滑動般的動作，所以用 draw　(2) draws * 激發
興趣吸引人們是 draw　(3) pull * 使勁拉是 pull　(4) drag * 硬拉不願
去的人是 drag　(5) drags * 拖是 drag

179

throw ／ cast ／ toss
投擲

◆ throw
「投擲」具有質量的東西

◆ cast
「投擲」幾乎感受不到質量的東西

◆ toss
隨意朝上或旁邊輕輕「投擲」

　　throw 是表現「投擲東西」最一般的動詞。嚴格說來，聚焦於藉由強力迅速的動作，<u>運用手腕與手臂，讓具有重量感的東西從手中離開的這一連串過程的動作</u>。

　　以棒球而言，就是投手從握住球直到讓球離手的動作。所以，討論投球姿勢這個問題時，會用 throw。

> underhand <u>throw</u> （低手投球）
> sidearm <u>throw</u> （側肩投球）
> overhead <u>throw</u> （過肩投球）

　　另一方面，<u>cast 聚焦於東西離手後乃至於目的地過程中的動作或運動，還有抵達點</u>。

　　由於會有東西在空中移動的意象，受詞多為感受不到重量或完全不具備質量的東西。「（釣魚的）拋投」是 casting，「擲骰子」是 throw ／ cast the dice，不過擲出的骰面則是 cast。cast 因為有被扔出的東西的意象，所以也有蛇等生物的「蛻皮」之意。在電影或戲劇等方面，cast 變成是意為「分配角色」的動詞，名詞是 casting。casting vote 是在贊成與反對同票時，主持人或主席投下的決定票。

至於 toss，我想大家可以想像一下將硬幣往上
拋，根據正反面來決定事情的情景。**意指由下往上、
又或往旁邊投擲，有時是隨意的投擲。**

I tossed the birds some bread.

（我扔了些麵包餵鳥。）

如果是棒球，請嘗試回想棒球練習的拋球輕擊
（toss ＋ batting: 和製英文），如果是排球就想想舉
球員托球（toss）的動作。甩鍋將其中煎餅翻面，還
有在棒球獲勝時常見的將教練或選手整個人托舉起
來，都是用 toss。

（ 問 題 ）

(1) He（threw / cast）a punch at me.
他對我揮了一拳。

(2) They（threw / cast / tossed）him in the air.
他們將他整個人托舉起來、往上拋向天空。

(3) I（threw / cast）my vote for the candidate.
我投給那位候選人一票。

(4) He was（thrown / cast）as Hamlet.
他被分配到哈姆雷特的角色。

(5) He（threw / cast）in the towel.
他認輸了。

解答 (1) threw＊拳頭能感受到重量，所以是 throw　(2) tossed＊由下而上
拋，所以是 toss　(3) cast＊沒有質量，所以是 cast　(4) cast＊同③
(5) threw＊throw in the towel 是「認輸」的慣用語

183

shut ／ close
關

◆ **shut** 氣勢十足的「關」 （關注關上的結果）

◆ **close** 不慌不忙、緩慢的「關」 （關注關的過程）

The door <u>shut</u> behind me.

The door <u>closed</u> behind me.

（門在我身後關上。）

要表達「門在我身後關上」，這兩句英文都是正確的，但傳達的內容卻有微妙差異。

close 與 shut 在很多情況下都能互換，只是「關」這個動作的速度存在微妙差異。

只要想想照相機快門（shutter）的動作，應該就很容易能理解。在體育報等，常可以看到打出全壘打的選手的球棒，接觸到棒球那真的是百分之一秒瞬間的照片。

<u>shut 就是暗示如此迅速動作的詞彙，聚焦於「被關上」這件事本身</u>。一般認為，shut 是短母音的短促詞彙，也與這種瞬間的迅速有關係。

相對而言，close 則暗示不慌不忙的動作。就如同做為形容詞的 close 有「近、接近」之意，<u>聚焦於遠離的東西逐漸接近，最後終於接觸的過程</u>。

a <u>close</u> game （運動中勢均力敵的激戰）

回到開頭的兩句例文，shut 是暗示在我進去後，門突然被猛力關上；而 close 則是我進去後，門被緩

緩關上。

由於 close 聚焦於門關上的過程，所以也容許該動作中途停止。

也可能出現以下這樣的表現。

Please <u>close</u> the window a little more.

（請將窗戶關小一點。）

此外，<u>close 因為關上的意思，也可以用來表現「活動結束」之意</u>。

牙醫對病患說「請闔上嘴巴」，不是用 shut：

<u>Close</u> your mouth.（請闔上嘴巴。）

施展催眠術時，close 或許也是自然的表現吧。

<u>Close</u> your eyes.（請閉上眼睛。）

（問 題）

(1) Flowers（shut / close）at night.
花朵在夜間閉合。

(2) He（shut / closed）the door in my face.
他碰的一聲在我面前甩上門。

(3) The shops are（shut / closed）on Sundays.
店家在週日休息。

(4) I hope to（shut / close）the deal within two days.
我希望在兩天之內結束這場商務洽談。

(5) （Shut / Close）your mouth.
閉嘴！

解答 (1) close＊花時間閉合是 close (2) shut＊突然關上是 shut (3) closed
＊活動結束 (4) close＊同③ (5) Shut＊立刻閉上嘴，所以是 shut

187

gather／collect／
raise
集

◆ **gather**
「收集」四處散落的東西、四處
散落的東西「聚集」起來

◆ **collect**
基於某種目的「收
集」同種類的東西、
東西的「累積」

◆ **raise**
募款、籌措金錢的
「收集」

　　<u>gather 是將散落各處的東西，「收集」到同一處，基本上是散布各處的人或物「聚集」。</u>

　　名詞 gathering 是「收集、採集」四散各處的東西，除此之外也用於某區域人們聚集的「集會」之意。被選出的特定人士的正式「聚集」是 meeting，而更正式的「集會」則是 assembly。

　　<u>另一方面，collect 則是根據像是「收集」等目的，從不同各處將同種類的東西揀選來的「收集」。</u>

　　只要想想 collection（收藏品）或 collector（收藏家）等詞彙，或許就很容易想像了。「他的興趣是收集郵票」，由於是根據興趣這個目的而收集，所以是用 collect。

　　His <u>hobby</u> is collecting stamps.
　　（他的興趣是收集郵票。）

　　這個句子如果是用 gather，那就會變成奇怪的意思。

　　✕ His <u>hobby</u> is gathering stamps.
　　（他的興趣是將〔散佈各處〕的郵票收集到一起。）

「募款、徵收稅金」等也是 collect，不過也可以用 raise。raise 原義是「舉起」，被用於「設法弄到」、「籌措」金錢之意。

> They raised money for homeless people.
> （他們為遊民募款。）

A rolling stone gathers no moss.

　　這個句子直接翻譯是「滾動的石頭不會有苔蘚聚集」，日文一般譯成「滾石不生苔」（編按：中文同），意思是「持續轉換職業的人不會成功」。

　　這個句子不能用 collects。

> ✕ A rolling stone collects no moss.

　　因為「滾石」並不存在意識，石頭做不到根據某種目的去收集（collect）。

　　只是，collect 做為「東西累積」之意時，有不及物動詞的用法。

> Dust collected on the shelf.
> （架子上都積灰塵了。）

（ 問 題 ）

（1）He（gathered / collected）scattered coins on the street.
他把散落在路上的硬幣收集起來。

（2）My hobby is（gathering / collecting）fossil.
我的興趣是收集化石。

（3）Today we had a school（meeting / assembly）in the morning.
今天早上，我們有場全校集會。

（4）She（gathered / collected）up her books and went out.
她把她的書收到一起，然後就出門去了。

（5）The landlord came around to（gather / collect）the month's rent.
房東來收這個月的房租。

解答　（1）gathered　（2）collecting　（3）assembly　（4）gathered　（5）collect

split／share／
divide／separate

分

◆ split
沿著某條線的「分」、兩人以上之間費用或利益的「（平均）分配」

◆ share
將自己的東西「分」給他人、兩人以上之間平均「分配使用」

◆ divide
根據標準或尺寸（碼）等，審慎去「分」

◆ separate
將本為一體的東西，切割「分開」

split 如同字面意思，就像是保齡球的分瓶（split），剩餘保齡球瓶凌亂立於中間一道間隔的兩側，又或烤麻糬啵一聲裂開，<u>基本的意思是東西沿著一條線「分開、分割、裂開」</u>。

此外也能表現<u>兩人以上之間「（平均）區分、分配」費用或利益</u>。如果是說到拳擊中的 split decision（分歧判決），則是裁判各有不同判決，不一致。

<u>share 是表現將自己的東西分給他人，或兩人以上之間平均分配使用</u>的動詞。

split 聚焦於分出的東西，相對而言，share 並非聚焦於東西，而是分享的人或對象。所以，share 常會明示分享對象。

<u>share</u> a cake with friends （與朋友分享蛋糕）

此外，不僅止於物質性的東西，也有共享意見、利害、感情等意思。

I <u>share</u> her opinion. （我的意見跟她一樣。）

He <u>shared</u> his thoughts with us.

（他跟我們分享自己的想法。）

就像算數使用的圓規是 dividers，<u>divide 暗示根據標準或尺寸（碼）審慎去分</u>。divider 是房間的隔間。

separate 基本上是像將蛋黃與蛋白分開、夫妻或情侶分手，<u>原本是一體的東西分割開來</u>。

做為 split 或 divide 的同義詞，是將某物分成數個又或弄亂的一般用語。

（問 題）

(1) Let's（split / share / divide / separate）the bill.
各付各的吧。

(2) I（split / shared / divided / separated）my lunch with
the dog.
我把自己的午餐與那隻狗分享。

(3) When did they（split / share / divide / separate）?
他們什麼時候分手的？

(4) They have（split / shared / divided / separated）the
first floor into five rooms .
他們把一樓分隔成五間房。

(5) He（split / shared / divided / separated）his pants
climbing over the fence.
他的褲子在翻越圍牆時裂開了。

解答 (1) split * 兩人以上之間平均分配費用或利益用 split　(2) shared * 有
分享的對象（狗）所以是 share　(3) separate * 原為一體的東西分開
是 separate　(4) divided * 根據標準或尺寸（碼）去分是 divide　(5)
split * 沿著裂痕裂開是 split

break／cut／tear
毀壞

◆ break
從外部施力，讓某物瞬間
分成兩個以上的「毀壞」
（關注瞬間力道）

◆ cut
用剪刀或刀刃將某物分割成兩個以上的「毀壞」

◆ tear
從外部施力，將某物撕扯
成兩個以上的「毀壞」

rip ／ destroy ／ damage
毀壞

◆ **rip**
沿著線條撕裂的「毀壞」

◆ **destroy**
「毀壞」到不可能修復的狀態

◆ **damage**
「毀壞」到日後價值

break 的基本概念，**是因為意外或故意從外部施力，瞬間讓原本處於穩定狀態的東西分散成兩個以上。**

　　break 的對象如果是盤子、窗戶、玻璃、餅乾，那就是「裂開」，如果是機械或玩具就是「壞掉」，如果是枝幹或骨頭就是「折斷」，岩石或海浪就是「碎裂」，紀錄、法律、約定、沉默等就是「破紀錄、違法、毀約、打破沉默」，如果是錢就是「換零錢」。如上述，施加的不見得是物理性力量。

　　用剪刀或刀刃等，將某物分割成兩個以上時，不是用 break 而是 cut。

　　tear 是手指用力將紙張、衣服等撕扯成兩個部分以上，換句話說基本就是「撕裂、撕碎」。

　　break 與 tear 的差別，在於 break 聚焦於分裂時的瞬間力道；相對而言，tear 則聚焦於分裂的部分，例如紙張的裂口、衣服勾到鐵釘布料參差不齊的裂口。

　　此外，由於 break 是表現分裂瞬間，所以無法停止，但是 tear 能在中途停止。

　　tear 給人粗暴勉強撕裂的印象，而 rip 則暗示沿

一定線條撕裂。

> His shorts were <u>ripped</u> when he climbed over the gate.（他的短褲在翻越大門時，裂出一道縫。）

<u>destroy 是以暴力方法徹底毀壞某物，直到無法修復或不存在的狀態</u>。換句話說，就是「破壞」。中文會說「破壞大自然」或「破壞環境」，但是英文不說 destroy nature 或 destroy the environment。因為這麼一來，是在說大自然或環境被破壞到無法存在的狀態。正確說法是 damage nature 與 damage the environment。

<u>damage 聚焦於傷害、毀壞某物，使其原本擁有的價值或特徵受損</u>。所以，用在可能修復的情況。

> The typhoon <u>damaged</u> the roof of our house.
> （颱風造成我們房屋屋頂毀損。）

（問 題）

(1) Will you（cut / tear / rip）the envelop open?
可以幫忙撕開信封嗎？

(2) She（broke / tore / ripped）up all the letters he had sent to her.
她把他之前給她的信全都撕碎了。

(3) The building was completely（destroyed / damaged）by the bomb.
那棟大樓被炸彈徹底炸毀

(4) The fire badly（destroyed / damaged）the town hall.
那場火災造成市政廳嚴重毀損。

(5) The thief（broke / tore / ripped）the window open.
那個小偷打破了窗戶。

解答 (1) rip (2) tore (3) destroyed (4) damaged (5) broke

part **6**

描述人或東西的
11 組英文單字

damp ／ humid ／ moist

濕

◆ damp
寒冷、讓人覺得不舒服的
「濕（黏）」，原本期待是
乾燥的東西卻「濕（了）」

◆ humid
天氣悶熱到讓人
不舒服的「濕」

◆ moist
適度的「濕」

　　如同前文所學習的，英文形容詞換成日文就算一樣，卻可能變成帶有正面聯想或負面聯想的詞彙。

　　每年只要邁入悶熱的梅雨季，心情就會像天氣一樣陷入低潮，在這樣的季節中，也可能持續異常低溫。日文將這種情況稱為「梅雨寒」，而英文的damp正是形容這種梅雨寒的貼切詞彙。

　　damp是帶有負面聯想的形容詞，表現「寒冷、不舒服的陰鬱感」。

　　也可用於原本期待是乾燥的東西，像是 clothes（衣服）、bed（床）、wall（牆壁）、 room（房間）等。damp的衍生詞dampen是希望或熱情等「受挫」，damper是「受挫的人、東西」，果然還是負面意涵。

　　humid也是意為「熱到不舒服的悶熱感」，帶有負面聯想的形容詞，被做為天氣或氣候相關專有名詞使用。能貼切形容日本讓人熱昏頭的酷暑。「濕氣、濕度」是 humidity，這也是讓人覺得不舒服的詞彙。

　　另一方面，moist是帶有正面聯想的形容詞，主要表現「食物、眼睛、嘴唇等，不會過度潮濕也不會

過度乾燥，恰到好處的濕度」的狀態。

名詞的 moisture 也是「適當的濕氣」。

rich <u>moist</u> fruit cake（非常濕潤的水果蛋糕）

<u>moisturizer</u>（潤膚乳液）

（ 問 題 ）

(1) Make sure the soil is（damp / humid / moist）before planting the seeds.
播種前，請先確認土壤夠潮濕

(2) Don't put the shirt on. It's still（damp / humid / moist）.
別穿那件 T 恤。還潮潮的。

(3) This cake is（damp / humid / moist）and delicious.
這個蛋糕濕潤又美味。

(4) I hate this（damp / humid / moist）weather.
我恨死這種濕答答的寒冷天氣了。

(5) The island is hot and（damp / humid / moist）in the summer.
那座島嶼夏天很悶熱。

解答 (1) moist * 適當濕度是 moist　(2) damp * 原本期待是乾燥的東西用 damp　(3) moist * 同①　(4) damp　(5) humid * 悶熱到讓人不舒服用 humid

dense／thick／strong／dark
濃

◆ dense
人或東西密度的「濃」

◆ thick
人或東西密度的「濃」、
水分少的「濃稠」

◆ strong
飲料、酒類、食物味道的
「濃」，食物氣味「嗆鼻」

◆ dark
顏色的「濃、深」

dense 這個詞彙的意思是人或東西擠沙丁魚一般的情景，又或難以通過、<u>甚至連光線或水都過不去的密集狀態。</u>

> <u>dense</u> fog （濃霧）
>
> <u>dense</u> forest （濃密的森林）

thick 與 dense 意思相同，不過聚焦於很多東西密集這一點。

同樣一句話，如果是說 thick fog 是能見度幾乎為零，而且幾乎無法呼吸的濃霧；thick soup 或 thick cream 是不含水分，黏稠濃厚的湯或奶油。thick 附加了上述這樣的語感。

> <u>thick</u> fog （濃霧）
>
> <u>thick</u> soup （黏稠濃厚的湯）
>
> <u>thick</u> cream （黏稠濃厚的奶油）

<u>表現咖啡或紅茶等滋味濃郁或酒精強度等的詞彙是</u> strong，相反的「淡、（酒精濃度）低」是 weak。

> <u>strong</u> coffee （很濃的咖啡）

此外，食物如果說是 strong，表現的是滋味濃

郁或氣味嗆鼻。

> strong cheese
> （氣味嗆鼻、長著藍色黴菌的起司）

　　「很濃的咖啡」不說 thick coffee，如果是像土耳其咖啡那樣是濃稠厚重的咖啡，也可能例外使用 thick。

> thick coffee （濃稠厚重的咖啡）

　　附帶一提，日本人常使用「アメリカンコーヒー（American coffee）」來表達「淡咖啡」之意，不過這是和製英文，正確英文如下。

> weak ／ mild coffee（淡咖啡）

　　其他，顏色深是用 dark 來表現。

> dark green car （深綠色車子）

（問題）

（1）
I'd like my coffee（dense / thick / strong / dark）.
請給我濃咖啡。

（2）
The city is known as a（densely / thickly / strongly / darkly）-populated area.
那個城市是著名的人口稠密區。

（3）
I'd like my vegetable soup（dense / thick / strong / dark）.
我想要濃稠的蔬菜湯。

（4）
The berries have a（dense / thick / strong / dark）red color.
那莓果的顏色是深紅色。

（5）
There's too much gin in this drink; it's too（dense / thick / strong / dark）.
這飲料放了太多琴酒，太強了。

解答　（1）strong＊濃郁飲料　（2）densely＊「人口稠密」是 densely -populated
（3）thick＊湯的濃稠是 thick　（4）dark＊顏色的濃或深是 dark　（5）strong＊同①

cheap／inexpensive／low

便宜

◆ cheap
東西價格便宜、材質也糟, 感覺廉價的「便宜」

◆ inexpensive
東西的價格「便宜」

◆ low
(價格) 低的「便宜」

翻閱廣詞林查詢日文「安い（便宜）」的意思，上頭寫著「相對於商品質與量而言，價格很低」。根據這樣的解釋，可以判斷日文這個詞彙本身並不帶負面要素。

例如，「最近我家附近開了一家便宜又好吃的壽司店，下次我們一起去吧。」如果有人如此邀約，忍不住就會想去吧。像魚店或蔬果店老闆的招牌叫賣語句，也是「來喔，很便宜、很便宜喔～」。

日文這樣的「安い（便宜）」置換成英文是cheap，但是這個英文詞彙除了「便宜」之外，<u>還有「廉價」的否定意涵，這點需要注意</u>。

下述文句，前者聽來是正面肯定的，後者明顯表現出品質的粗糙。

> Cauliflowers are <u>cheap</u> at the moment.
> （現在的花椰菜很便宜。）
> <u>Cheap</u> wine gave me a headache.
> （喝了廉價葡萄酒，讓我頭痛。）

<u>品質好價格低的時候，一般不用 cheap，而是</u> <u>inexpensive 或 low-priced</u>。

以下文句清楚表現出這樣的差異。

It's <u>inexpensive</u> but not cheap.

（那不貴，卻沒有廉價的感覺。）

cheap 主要用來形容家具、鞋子、珠寶、衣服、收音機或帽子等日用品的時候，多半都帶有否定的意涵。

此外，cheap 或 inexpensive 本來就有「價格便宜」的意涵，所以不會與 price（價格）一起使用。因此，"The price of the car is cheap."（那輛車的價格很便宜。）是錯誤的，正確如下。

The price of the car is <u>low</u> ／ <u>high</u>.

（那輛車的價格很低／高。）

I bought the car at a <u>low</u> ／ <u>high</u> price.

（我用很低／高的價格買了那輛車。）

其他像是薪水（salary）或費用（cost）等，一般也都會用 low 或 high 來表現。美式英文中，也可能將 cheap 做為「吝嗇的」之意來使用。

（ 問 題 ）

(1) The cloths from that store are（cheap / inexpensive）; they fall apart.
從那家店買來的衣服很廉價，所以後來破了。

(2) The furniture is（cheap / inexpensive）but well-made .
那家具雖然便宜，卻做得很好。

(3) The price of this ring is（inexpensive / low）.
這只戒指的價格很低。

(4) I shouldn't have bought this（cheap / inexpensive）ring.
我不該買這只廉價的戒指的。

(5) Everything he buys has to be a bargain; he's really（cheap / inexpensive）.
他非特價品不買，他真的很吝嗇。

 解答　(1) cheap　(2) inexpensive　(3) low　(4) cheap * 負面語感　(5) cheap

hand-made／ home-made
親手做的

◆ **hand-made** 「親手做的」家具或衣服等

◆ **home-made** 「親手做的」食物或飲料等

　　英文 do-it-yourself 名詞就是中文的「DIY」，這個詞彙最早是源自「不靠專業人士，自己親手做」的一種生活運動。日本有販售 DIY 用品的市郊大型量販店「ドイト（發音近似「都易多」）」，店名應該是參考英文的「Do IT」；到這些店家去買齊所有材料，不用機械親手做出什麼，英文叫做 hand-made（親手做的）。

> a <u>hand-made</u> dog house （親手做的狗屋）

　　hand-made 很明顯的是相對於 machine-made 的詞彙，聚焦於「自己親手做」這一點。

　　同樣是親手做，像是「親手做的果醬」就不說 hand-made，會<u>使用讓人有「自家製」聯想的 home-made</u>，稱為 home-made jam。

> <u>home-made</u> jam （自家製果醬）
>
> <u>home-made</u> croquettes （自家製可樂餅）

　　如果是在自己家釀的啤酒，made 的部分會變成 brewed。

> <u>home-brewed</u> beer （自家釀造啤酒）

　　餐廳等所說的 house wine，是該店獨有、較為

便宜的葡萄酒，如果是在家裡釀造的就會說 home-brewed wine。

此外，餅乾、蛋糕或麵包等，也能說是 home-baked cookies ／ cake ／ bread。

另外可以參考的是，也有 man-made（人造、人工的）這樣的詞彙。在美國，似乎也有人覺得 man-made 是性別歧視用語，不過基本上就是「自然的」、「天然的」的對義詞，意為「人造出來的」，會如下述使用。

> a <u>man-made</u> lake （人工湖）
>
> a <u>man-made</u> satellite （人造衛星）
>
> <u>man-made</u> disasters
>
> （人禍）⇔ natural disasters （天災）

（問　題）

(1) Please enjoy our（hand-made / home-made）pizza.
請享用我們親手做的披薩。

(2) The shop sells（hand-made / home-made）shoes .
那家店販售手工製作的鞋子。

(3) I love（hand-made / home-made）ice-cream.
我好愛手工製作的冰淇淋。

(4) How about our（hand-made / home-baked）cookies?
我們自己烤的餅乾怎麼樣？

(5) This bag is completely（hand-made / home-made）.
這個包包是純手工打造的。

解答　(1) home-made　(2) hand-made　(3) home-made　(4) home-baked　(5) hand-made

delicious／tasty
好吃

◆ **tasty**
「好吃」

◆ **delicious**
「非常好吃」，不能使用於
疑問句或否定句，不會出現
very delicious

不論對什麼都要有所節制，這是我們日本人的民族性。話雖如此，邀請外國朋友到家裡來作客，親手下廚款待，總會在意自己親手做的料理合不合客人胃口，忍不住就想問問看吧。

Is this <u>delicious</u>?（這個，好吃嗎？）

但是，這樣的英文並不正確。<u>形容詞 delicious 是表現「香氣或味道非常棒」的稱讚詞彙，不能用於疑問句或否定句</u>。

正確英文要用 tasty 或 good 來表現。

Is this <u>tasty</u>?（這個，好吃嗎？）

甜食好吃的情況，一般不用 tasty，會用 delicious。

此外，由於 delicious 已經隱含「非常好吃（＝very tasty）」這種強調意涵，所以 very delicious 是錯誤的表現。

想要特別強調 delicious 時，可以用 absolutely 又或以感嘆句來表現。

absolutely <u>delicious</u>（實在美味）

How <u>delicious</u> this is!（怎麼會這麼美味呀！）

會犯下這樣的錯誤，是因為將 delicious 記憶成

＝好吃、美味。只要一開始就將 delicious 記憶成非常好吃、美味，就絕對不會犯下這樣的錯誤吧。

其他還有很多類似的英文錯誤。例如，就算是相當精通英文的達人被問到「你好嗎」，想說「我很好喔」時，也會說成 very fine。fine 原本的意思就是 very well，所以不能加 very。

以下列舉的形容詞也都隱含強調意味，所以不能加 very。

- awful （糟糕的、可怕的、厲害的）
- terrible （恐怖）
- huge （巨大的）
- delighted （喜悅的）
- fascinating （迷人的）
- excellent （優秀的）
- wonderful （美好的）
- fantastic （不可思議的美好）
- amazing （驚人的美好）
- exhausted （筋疲力盡）

(問 題)

(1) This cake is not（delicious / tasty）.
這蛋糕不好吃。

(2) I'm not very（tired / exhausted）.
我沒有很累。

(3) I hit on a very（good / fantastic）idea.
我想到一個很棒的點子。

(4) We had a very（good / wonderful）time in Spain.
我們在西班牙度過非常美好的時光。

(5) They live in a very（big / huge）house.
他們住在一間非常大的房子裡。

解答
(1) tasty * delicious 不能用於否定句　(2) tired * very 不能與 exhausted 一起使用　(3) good * very 不能與 fantastic 一起使用　(4) good * very 不能與 wonderful 一起使用　(5) big * very 不能與 huge 一起使用

lazy／idle
懶

◆ **lazy** 「懶」、「悠閒放鬆」

◆ **idle**
沒有工作的待命
或休息狀態的
「無所事事」

用漢英字典查詢「懶惰」，絕對會出現 idle 與 lazy 這兩個詞彙。兩者似乎很容易被視為同義詞。

的確，「他是懶惰的學生」翻譯成英文，可能會有以下說法。

> He is a <u>lazy</u> student.（他是個懶惰的學生。）
>
> He is an <u>idle</u> student.（他是個懶惰的學生。）

idle 也可能像這樣做為 lazy 之意使用。但是，**必須注意 idle 具備附加含意**。讓我們來比較一下下面兩句。

> （a） My father is <u>lazy</u>.
>
> （b） My father is <u>idle</u>.

（a）意思是我的父親常常宿醉後曠職，又或從公司早退，結果回家途中又跑去打小鋼珠，所以最後被裁員，即便如此他也不打算去找新工作，每天在家無所事事等，只有負面意涵。

另一方面，從（b）這句英文可以窺見父親是因慢性的不景氣，企圖找工作卻找不到，結果只好遊手好閒，又或假日想休息一下，所以窩在家無所事事等情景。

<u>idle 就像這樣，不見得都會帶來負面聯想。</u>

只是，idle 如果與 gossip 或 curiosity 等詞彙連結，會變成「毫無根據的謠傳」、「無聊的好奇心」等意。

　　此外，idle 做為動詞使用時，「遊手好閒（拖泥帶水）過日子」的負面意涵會增強。

　　lazy 主要都是負面意涵，不過還是具備肯定意思。那就是<u>什麼都不做的「悠閒放鬆（慵懶）」的正面聯想</u>。

> I spent a <u>lazy</u> day doing nothing.
> （我什麼都沒做，度過了慵懶的一天。）

（問題）

(1) He is so（lazy / idle）that he avoids any kind of work.
他實在太懶了，任何工作都不想碰。

(2) My father is（lazy / idle）owing to the strike.
我的父親受到罷工波及，目前沒在工作。

(3) We spent（a lazy / an idle）day on beach sunbathing.
我們在海灘上曬日光浴，度過了慵懶的一天。

(4) Over 10% of the workforce is now（lazy / idle）.
目前有超過 10% 的勞力都處於停工狀態。

(5) I was feeling（lazy / idle）, so I called a taxi.
我覺得很懶，所以叫了計程車。

解答 (1) lazy　(2) idle　(3) a lazy　(4) idle　(5) lazy

souvenir ／ gift ／ present

禮品

◆ **souvenir**

為了留下回憶，在旅遊地點購買的「土產、紀念品」

◆ **gift**

用於正式場合，讓人聯想到禮節的「禮品」

◆ **present**

在旅行地點為親朋好友購買的「伴手禮、禮品」

　　提起日文的「土產（みやげ）」，意思是從旅行地點帶回家的當地伴手禮，又或拜訪他人時帶去送對方的禮品，英文中有 souvenir、gift 與 present 區分使用。

　　所謂的 souvenir，是為了回想起旅行造訪之處或在那裡發生的事情，所購買的「伴手禮或紀念品」。就如同手邊 Cambridge Dictionary（劍橋字典）所定義的 "something you buy or keep to help you remember a holiday or special event"，<u>這不是為親朋好友所購買的，而是買給自己的</u>。

　　如果是為了親朋好友而買的伴手禮，一般不會用 souvenir，會用 gift 或 present 來表現。

　　此外，<u>souvenir 基本上是永遠留存於記憶之中，所以點心之類的食物除外</u>。這種情況的「伴手禮」，英文也會用 gift 或 present 來表現。在夏威夷買來當伴手禮的「夏威夷豆」就是 gift 或 present。

　　說到 gift 或 present 該用哪一個，gift 多用於正式場合，也有「捐贈、賑濟物」之意，給人禮節的聯

想。因此,「伴手禮」用 present 或許比較不會出差錯。

此外,gift 如下述,後面也能接名詞做為形容詞使用。

> gift shop (禮品店)
>
> gift token (禮品兌換券)
>
> gift-wrapping service (禮品包裝服務)

附帶一提,送禮時的固定句型像這樣。

> This is for you. (這是送你的禮物。)
>
> Here's a little present for you.
>
> (相當於中文的「小小禮物、不成敬意」。)

之後一般會加上以下文句。

> I hope you like it.
>
> (希望你會喜歡。)

收禮的人致謝後,像以下這樣發問是英美的禮儀。

> May I open it? (可以打開看看嗎?)

（問題）

(1) This knife is the only（souvenir / present）that I bought in Switerland.

這刀是我在瑞士買的唯一紀念品。

(2) My friend gave me this tie as a（souvenir / present）.

朋友買了這條領帶當伴手禮送我。

(3) This（gift / present）shop sells hand-made dolls.

這家禮品店販售手工製作的娃娃。

(4) I'll buy this watch as a（souvenir / present）for my father.

我要買這支錶當伴手禮送給爸爸。

(5) Please wrap this as a（souvenir / gift）.

請幫我包裝，我要送人的。

解答　(1) souvenir　(2) present　(3) gift　(4) present　(5) gift

empty ／ vacant
空的

◆ **empty**
「懶」、「悠閒放鬆」

◆ **vacant**
原本是滿的，目前
暫時性的「空」

empty 基本上表現的是「裡面什麼東西、什麼人都沒有的狀態」。

empty room （空房）

empty bottle （空瓶）

empty train （空無一人的火車）

empty street （空無一人的街道）

以下也是用 empty。

empty stomach （空空的胃）

empty brains （腦袋空空＝笨蛋）

此外，由於有說話或人生等「沒有內容」的語感，所以也能用於「只出一張嘴」或「空虛的」等意。

反義詞是意為「裡面有很多」的 full。

據說，對於許多歐美人士而言，所謂的「vacation」（休假）是到度假區去什麼都不做，悠閒躺在海灘上好好休息。法文的 vacance 源自拉丁文，原義就是「什麼都不做的狀態」，他們可以說是忠實執行這個詞彙具備的語意。

不用說，vacance 的英文版本是 vacation，但是從這個 vacance 衍生出來的英文是 vacant，基本上是

表現本來壅塞的地方，暫時清空的狀態。

廁所沒有任何人使用的狀態是 vacant（使用中是 occupied），飯店如果有空房，

玄關前應該會放置 "Vacancy" 標示，如果沒有空房則是 "No Vacancies"。

另外提供參考的是，vacuum（真空）或 vacuum cleaner（吸塵器）等也是相同語源。

此外，vacant 還有「茫然發呆」或「呆滯空虛的」之意。

（問題）

(1) We have three（empty / vacant）apartment in our building.
我們大樓有三間等著出租的空房。

(2) He felt（empty / vacant）after his family left him.
他在家人離他而去之後，覺得內心空虛。

(3) There is no one in the room; it's（empty / vacant）.
沒人在房裡，那裡空無一人。

(4) There's（an empty / a vacant）lot in front of my house.
我的房子前面有片空地。

(5) He set the（empty / vacant）glass down.
他放下空玻璃杯。

解答　(1) vacant * 本來壅塞的地方暫時清空　(2) empty *「內心空虛」是 empty　(3) empty * 沒人或家具是 empty　(4) a vacant *「空地」是 vacant lot　(5) empty * 裡面什麼都沒有是 empty

customer／guest／visitor／client
客

◆ customer
店家或餐廳的「顧客」

◆ guest
被邀請而來的「客人」或「賓客」

◆ visitor
造訪的「旅客」、「訪客」

◆ client
委託專門職業的「客戶」

Customer 拆解後是「custom（習慣）＋ er
（人）」，所以基本是向商店或企業購買商品的「顧
客、熟客」。意指餐廳或速食店等的「顧客」、銀
行「開戶客戶」，英國也有交通運輸工具的「旅客」
之意。

在電視節目中特別演出的人稱為「guest（嘉
賓）」，guest 基本上是活動或典禮等「獲邀參與的
貴賓」。飯店「住宿房客」也是 guest。

guest house （迎賓館）

guest room （客房）

也有這樣的說法

Be my guest tonight. （今晚我做東。）

基於工作、觀光、參觀、社交、會面等目的，
造訪某處的「客」是 visitor。

Visitor's Book 是讓教會、美術館、博物館的參
觀者，寫下姓名、住址、感想等的「訪客留言簿」。

而飯店住宿房客，從飯店方看來是 guest，而從
住宿方看來是 visitor。換句話說，visitor 被做為「訪
客、參觀訪客、觀光客、探望訪客」等意思使用。

visitor 的 語 源 是「vi（看）＋ it（去）＋ or
（人）」，所以原義是「去看的人、去會面的人」。

client 是委託律師、會計師、建築師等專門職業
的「顧客」，還有美髮設計師、裁縫店等服務業的「顧
客」。語源是「cli（仰賴）＋ ent（人）」。

另外也做為「找公家機關商議的人」或「患者
（patient）」的委婉表現。

client 主要就是，去找擁有專業知識或技術職業
的人，委託各式各樣服務的人。

（問題）

(1) He's a regular（customer / guest / visitor / client）at this restaurant.
他是這家餐廳的熟客。

(2) The theme park attracts 2.5 million（customers / guests / visitors / clients）a year.
那個主題樂園每年吸引兩百五十萬的入園遊客。

(3) The lawyer took his（customer / guest / visitor / client）to lunch.
那個律師帶他的客戶去吃午餐。

(4) The hotel has accommodations for 500（customers / guests / visitors / clients）.
那間飯店能容納五百位房客。

(5) A（customer / guest / visitor / client）came in and bought several jackets.
一位顧客走了進來，買了好幾件上衣。

解答　(1) customer * 餐廳或店家的客人是 customer　(2) visitors * 入園遊客是 visitor　(3) client * 專門職業的顧客是 client　(4) guests * 「飯店房客」是 guest　(5) customer * 同①

center／middle／heart
中心

◆ **center**
圓或球的「中心」、周遭被什麼圍繞之處的
「中央」、興趣或關注的「中心」

◆ **middle**
包含中心周遭的「中心
部位」、時間的「中間」

◆ **heart**
討論或問題的
「核心、本質」

238

center 是與圓周或球面任一點都等距離的「正中心」，換句話說，基本意思是<u>圓或球的「中心」</u>。

> at the <u>center</u> of a circle （圓心）

東京迪士尼樂園的人氣遊樂設施「Journey to the Center of the Earth（地心探險之旅）」，說的正是地球的中心。

事實上，不僅圓形，也可做為<u>「周遭被什麼圍繞之處的『中央』」</u>之意。

> in the <u>center</u> of the room （房間中央）

此外，<u>有什麼特別目的的大樓、有很多人為某種活動工作或居住的場所或區域</u>也叫 center。

> a medical <u>center</u> （醫療中心）
> a sports <u>center</u> （運動中心）
> an industrial <u>center</u> （產業中心）

center 甚至可做為<u>興趣或關注「中心」</u>之意。

middle 不是某種東西的「中心」，而是<u>「中心部」，使用上涵蓋中心的周遭部分</u>。周遭沒有被什麼

圍繞的東西或場所也無妨。

> in the <u>middle</u> of the road （道路正中間）

不僅止於東西或場所，<u>也能使用於時間</u>。

> in the <u>middle</u> of the night （半夜）
> <u>middle</u> age （中年）

就如同人體最重要的部位是「心臟」，<u>heart 是整體最重要的部分</u>。

可以做為**討論或問題「核心、本質」**之意。

> the <u>heart</u> of the problem （問題核心）

（問題）

（1）Hollywood is the（center / middle / heart）for American filmmaking.
好萊塢是美國電影製造產業的重鎮。

（2）Money is always at the（center / middle / heart）of the fights.
金錢往往是我們爭吵的核心問題。

（3）Betty just loves being the（center / middle / heart）of attention.
貝蒂只是很愛成為注目焦點。

（4）Let's get to the（center / middle / heart）of the problem.
讓我們進入問題核心吧。

（5）We'll go there in the（center / middle / heart）of June.
我們會在六月中旬過去。

解答　（1）center＊活動「重鎮」是 center　（2）heart＊討論或問題的「核心」（3）center＊興趣、關注、注目標的　（4）heart＊話題「本質」　（5）middle＊時間的中間

lady ／ woman ／ girl
女性

◆ lady
「成年女性」的敬稱,
眼前的女性或成為話題
中心的女性

◆ woman
表現成年女性、為區分
男女的中立客觀陳述的
「女性」

◆ girl
不論未婚已婚,
讓人感覺心智未
成熟的「女性」

lady 就如同美國第一夫人的 First Lady 為代表，原本是指上流社會的成年女性，用於感覺非常有氣質、優雅有禮的女性身上。

First Lady（第一夫人）

這是基本上會讓人感受到「氣質」的詞彙，所以會用在廣告或宣傳上。例如，「女鞋」一般會說 ladies' shoes。

此外，<u>對於就在眼前的女性或成為話題的女性，會用 lady 做為敬稱</u>。

在美式英文中，以 lady 做為女性稱呼基本上是有禮貌的，不過要是被解讀成「上對下的說法」，就會給人「嘴上恭敬、口是心非」的感覺，所以一般認為還是避免使用比較好。

gentleman 與 lady 一樣，是對就在眼前的男性或成為當下話題的男性的敬稱。

<u>woman 是相對於 man 的詞彙，表現成年女性的中立客觀陳述</u>。此外，如果是當面叫對方 "Woman!" 則是在表達本身的焦躁或惱火，會變成是失禮的表現。

girl 一般是表現「未婚女性」的詞彙，不過為求簡便，一般用於不論年齡或已婚、未婚的「女性」。girl 幾乎是 woman 的同義詞，比起 woman，有時會讓人感受到心智上的未成熟，所以男性叫成年女性girl 就會顯得失禮。

　　在英式英文中，girl 也可能表現公司事務員（office-girl）或店員（shop-girl）；而美式英文中，girl 這個詞彙似乎已經逐漸不再用於成年女性身上了。girl 也可能做為「女兒」之意。

（ 問 題 ）

（1） Give this coat to the（lady / woman / girl）over there.
請將這件外套拿去給那邊那位女士。

（2） My wife and I have two（ladies / women / girls）.
我與妻子有兩個女兒。

（3） A（lady / woman / girl）and two men were arrested on the spot.
一女二男被視為現行犯逮捕。

（4） He was 17 when he began to go out with（ladies / women / girls）.
他從十七歲開始與女性交往。

（5） There's a（man / gentleman）at the door .
門邊有位男士。

解答 (1) lady　(2) girls　(3) woman　(4) girls　(5) gentleman

part **7**

生活與工作的
9 組英文單字

eat／have
吃

◆ **have** 做為人際活動的「吃」

◆ **eat** 強調吃這個動作的「吃」

eat 相當於「吃」，<u>基本表達東西入口、咀嚼吞下的行為</u>。

可做為及物與不及物動詞，做為及物動詞時如下。

> Lions <u>eat</u> meat.（獅子是肉食性的。）

做為不及物動詞，意為「have a meal」，使用如下。

> Where shall we <u>eat</u> tonight?
>
> （我們今晚要在哪裡吃飯？）

<u>做為及物動詞的 eat，強調動嘴的動作</u>。因此，「吃午餐」要說 "eat lunch" 並沒有錯，只是說 "have lunch" 會比較自然。

have 基本上是「有～」，另外還有各式各樣不同的意思，也做為 eat 或 drink 的委婉表現。

> Where do you usually <u>have</u> lunch?
>
> （你平常都在哪裡吃午餐？）
>
> We're <u>having</u> fish for the dinner tonight.
>
> （我們今天晚餐會吃魚。）

但是，如果是貓咪在吃魚，會用 eat，不會說 "The cat is having fish."。

The cat is <u>eating</u> fish.（貓咪在吃魚。）

面對正在減肥，晚餐幾乎什麼都沒碰的女兒，想說「別只想著卡路里，快吃吧」，會這麼說。

<u>Eat</u> your dinner.（稍微動動嘴吧。）

<u>Eat</u> up.（要吃光光喔。）

中文會說「喝湯」，英文是 have soup 或 eat soup。只是，如果直接以口就杯「喝湯」，也能說 drink soup。

另外提供大家參考的是，eat 還有以下的表現。

<u>eat</u> like a horse（大胃王）

<u>eat</u> like a bird（小鳥胃）

eat 的形容詞，有 edible 與 eatable 這兩個。兩者差異在於 edible 單純就是「可食用的、可以吃的」之意，eatable 則是「可以吃的（而且是美味的）」。

（ 問 題 ）

(1) I try not to（eat / have）between meals.
我盡量不在正餐之間另外吃東西。

(2)（Eat / Have）one .
請吃一個。

(3)（Eat / Have）all of the vegetables.
把蔬菜都吃完。

(4) I'll（eat / have）today's special.
我要點今日特餐。

(5) He always takes a long time to（eat / have）his dinner.
他總是花很長一段時間享用他的晚餐。

解答 (1) eat *have 是及物動詞，會有受詞 (2) Have * 有禮表現，所以是 have (3) Eat * 動嘴的動作 (4) have * 在餐廳這樣正式場合是用 have (5) eat * 同③

study ／ learn ／ work
用功 (學習)

◆ **study**
聚焦於行為的「用功」

◆ **learn** 聚焦於學會的「用功」

◆ **work**
為了考試而投入的「用功」

為培養知識而閱讀書籍或是去上課，<u>聚焦於耗費時間勞力這一點的是 study</u>。特徵在於，不會特別著重「是否真的獲取知識」。

> I <u>studied</u> French at college, but I never learned it.
>
> （我大學時期用功學習法文，但是完全學不會。）

此外，study 也能用於為了某目標，長期「<u>調查或觀察</u>」，又或仔細查看地圖或時刻表「<u>研究</u>」。

> <u>study</u> a menu （研究菜單）
>
> <u>study</u> his face （觀察他的表情）

另一方面，<u>learn 則聚焦於被他人教、自己用功後的學會</u>。

因此，聚焦於行為的 study 可能有以下表現，

> <u>study</u> hard （拚命用功）

但是絕對不會說 "learn hard"。

> No one can <u>learn</u> a foreign language without studying.（不用功是不可能學會外語的。）

如果母語者不是這麼問：

> Where did you <u>study</u> English?
>
> （你在哪裡學的英文？）

而是這麼問：

Where did you <u>learn</u> English?

（你在哪裡學會了英文？）

代表對方認同你的英文很棒。

最後的 work 是耗費時間與勞力「去做什麼」，做為「用功」之意時，主要是用在<u>為了考試合格而閱讀書籍或解題</u>。

My son is <u>working</u> hard to pass the exam.

（兒子為了考試合格，拚命用功。）

（ 問 題 ）

(1) How long have you been（studying / learning）English?

你學英文學多久了？

(2) The teacher's task is to help the pupil（study / learn）.

老師的工作是幫助學生學會。

(3) You have to（study / learn）the road map before you start.

你出發前必須先研究道路地圖。

(4) My son（studies / learns）quickly.

我兒子學得很快。

(5) He went to Australia to（study / learn）under Professor Smith.

他到澳洲去跟著史密斯教授學習。

解答 (1) studying＊問的是過程，所以用 study　(2) learn＊聚焦於學會，所以是 learn　(3) study＊仔細查看地圖是 study　(4) learns＊同②　(5) study＊聚焦於學習的行為是 study

habit ／ custom ／ paractice ／ rule
習慣

◆ habit
下意識重複的「習慣」

◆ custom
社會、文化習俗的「習慣」

◆ practice
社會認為本應如此的「習俗」、規矩實行的個人「習慣」

◆ rule
個人決定這麼做的「習慣」

　　起初只覺得不碰為妙的菸酒，試了幾次下來就戒不掉；特定電視節目看了幾次，要是不每次追，不知不覺中就會渾身不對勁。我想，任何人都有過類似的經驗。

　　像這樣，某行為一而再、再而三重複的過程中，**變成幾乎是下意識重複行為的習性，就是** habit。

　　形容詞 habitual 意為「習慣性的、一如往常的、成癖的」。

> I got out of the <u>habit</u> of drinking.
>
> （我戒掉喝酒習慣了。）
>
> He took his <u>habitual</u> seat.
>
> （他坐在老位子上。）

　　另一方面，<u>custom **基本上則是表現文化性、社會性一再重複的「習慣、習俗、慣例」**</u>。

> the <u>custom</u> of giving presents at Christmas
>
> （在聖誕節送禮物的習俗）

　　只是請注意，custom 也可能表現個人意識性的習慣。形容詞的 customary 意為「習慣性的、慣例性的」。

> It is <u>customary</u> to give presents at Christmas.
>
> （聖誕節送禮物是種慣例。）

practice 就如同在國外飯店辦理住房登記時，飯店會要求房客出示護照或信用卡一樣，表現的是**社會普遍認為理所當然的習慣**。此時，似乎常會與 common 或 standard 等形容詞一起使用。

> It's common <u>practice</u> to shake hands when meeting someone.（與他人見面時，一般都會習慣握手。）

此外，也能用於有意識且規矩實行的個人習慣。

　　原義為直線或尺度的 rule，**表現的是個人決定那麼做的習慣**。

> I make it a <u>rule</u> to wake up early in the morning.（我規定自己早上早起。）

(問 題)

(1) I've got into the（habit / custom / practice / rule）of turning on TV as soon as I get home
我已經養成一回家就開電視的習慣。

(2) It takes time to get used to another country's（habits / customs / practices）.
要習慣他國習俗需要時間。

(3) It is standard（habit / custom / practice）to ask hotel guests for their passports when they check in.
辦理住房登記時，要求房客出示護照是標準流程。

(4) I got up at 6 p.m. out of（habit / custom / practice）.
我習慣下午六點起床。

(5) It is the（habit / custom / practice）in Japan to take your shoes off when going into someone's house.
日本的習俗是進入他人房子時，要脫鞋。

解答　(1) habit * 不知不覺中養成的習慣　(2) customs * 國家習俗　(3) practice * 社會視為理所當然的習慣　(4) habit * 同①　(5) custom * 文化性的習慣

work／job／occupation／profession
工作、職業

◆ **work**
所有種類的「工作、職業」

◆ **job**
為了賺錢，在一定期間內從事的「工作、職業」，還有無法賺錢的家庭或學校「工作」

◆ **occupation**
正式場合所使用的「職業」

◆ **profession**
運用特別訓練所獲得的知識或技術的「職業」

　　不論有沒有收取酬勞，**表現所有種類「工作、職業」的一般用語是 work**。用於這個意義時是不可數名詞，所以不能加上不定冠詞 a 或用複數形，這點希望大家能注意。

> drive to <u>work</u> （開車上班）
>
> get to <u>work</u> （去上班）

　　為了賺錢，在一定期間內從事某一具體「工作、職業」則是 job。

　　基本上是不論暫時或持續性，收取報酬的工作，不過像是掃除或洗衣等家庭內的工作，又或在學校或社會中被分派到的工作、課題等，也能以 job 表現。

　　對於確實完成課題的學生，老師會說 "Good job!"（做得很好！）。

> Taking out the garbage is my <u>job</u>.
>
> （把垃圾拿出去是我的工作。）
>
> I applied for a <u>job</u> at a bank.
>
> （我應徵了銀行的工作。）

　　像是履歷表、國情調查、出入境卡等文件的職業欄，會寫 occupation。**這是最接近「職業」的英文。**

這個詞彙的特徵，就像入境審查官詢問旅行者時一樣，會用在正式場合中。

> What is your <u>occupation</u>?
> （你是什麼職業？）

其他像 professor 是大學教授，不過 profession 則是運用<u>經特別訓練所獲得的思想、專業知識或技術等的職業</u>。例如，意指醫生、律師、技術人員、教師等。動詞 profess 的語源是「pro（在前面）＋ fess（說話）」，所以意為「主張、公開說」。

此外在 profession 之中，如果是當作助人、不計酬勞，能夠一生投入、適合自己的「職業」，就是 vocation。vocation 的原義是「神的聲音」，也就是「天職」。

像木匠或園藝師那種<u>需要熟練技術的職業是 trade</u>。

> His father is a carpenter by <u>trade</u>.
> （他的父親職業是木匠。）

（ 問 題 ）

(1) Enter your name and（work / job / occupation）in the boxes.
請在框格中輸入您的職業。

(2) I started（work / job / occupation）when I was just 14 .
我年僅十四歲就開始工作了。

(3) She's applied for a（work / job / occupation）with an insurance company.
她應徵了保險公司的工作。

(4) His father is a lawyer by（occupation / trade / profession）.
他父親的職業是律師。

(5) Raising kids can be a difficult（work / job / occupation）.
養兒育女可能是項艱鉅的工作。

解答 (1) occupation * 正式場合　(2) work * 不可數名詞只有 work　(3) job * 各個工作或職業　(4) profession * 需要專業知識的職業　(5) job * 家庭內必須做的工作

salary ∕ wage ∕ pay
薪水

◆ **salary**
對於知性勞動每月又
或每年支付的「薪水」

◆ **wage**
對於肉體勞動每
週支付的「薪水」

◆ **pay**
所有種類的「薪水（報酬）」

　　所謂的 salary 是指對專門職業或公司職員等，主要是知性職業定期（基本上是每個月）支付的薪水，會被匯到銀行戶頭，課徵所得稅。

　　因此，salary 不會每個月不同，原則上會定額。年薪制在日本似乎並不普遍，不過像棒球選手那種年薪制的薪水也是 salary。

　　只是，職業高爾夫球選手在數場比賽中獲勝所贏得的獎金，並非 salary，那叫做 income（收入）。

　　所謂的 salary 原本是拉丁文意為「鹽」詞彙，起源是因為古羅馬曾以鹽代替錢財發給士兵。由此可見，鹽在當時是非常貴重的東西。

　　除了大家都知道的 salt（鹽），salami（薩拉米香腸）、salad（沙拉）、salsa（莎莎醬）也都有相同的語源。電影《真善美（The Sound of Music）》場景—奧地利薩爾斯堡（Salzburg）的語源就是「鹽之城」。

　　wage 過去是指對肉體勞動者每週以現金支付的薪水，現在似乎多以支票支付或直接匯進銀行戶頭。因此，不論是以「週薪」或「時薪」形式支付，都以 wage 表現。

　　日文的「サラリーマン（salaryman）」過去被視為和製英文，不過現在也被收錄於英文字典中，特別是在表現日本長時間工作的上班族。

　　此外，日文「ビジネスマン（businessman）」也常被當作「上班族」的意思來使用，不過英文的 businessman 是指「經營者、管理職的人」。

　　pay 是用來表現所有種類薪水的一般用語，是不可數名詞。

payday （發薪日）
payslip （薪資單）

（ 問 題 ）

(1) （Salaries / Wages） are paid on Fridays.
薪水會在每週五支付。

(2) You can get better （salary / pay） elsewhere.
你在其他地方能獲得更好的薪水。

(3) Should doctors' （salaries / wages） be higher?
醫師的薪水應該更高嗎？

(4) My last year's （salary / wage） was about 9 million yen.
我去年的年收入大概是九百萬日圓。

(5) I earn an hourly （salary / wage） of $10.
我的時薪是十美元。

解答　(1) Wages ＊ 因為是每週支付　(2) pay ＊ 如果是 a better salary 就 OK　(3) salaries ＊ 醫師的薪水是用 salary　(4) salary　(5) wage ＊ 時薪是 wage

company ／ office ／ firm
公司

◆ company
表現工作團體的「公司」

◆ office
表現工作場所的「公司」

◆ firm
小規模的「公司」

　　日文「合コン（聯誼）」原本是大學生用語之一「合同コンパ」，而這個「コンパ（compa）」就是源自 company 這個英文單字。

　　company 從「一起（com）吃麵包（pan）的人」之意，逐漸演變成「同伴、同席、來往」之意。我想，意為「一起喝酒的聚會」的和製英語「コンパ（compa）」，或許就是從這樣的意涵衍生而來的。

　　話說回來，這個 company 如同大家所知也有「公司」之意，不過這與中文的「公司」不同，並非表達場所的概念。基本會是「基於工作上的目的，一起工作的人的團體」。因此，不能說 go to one's company。

> work for an insurance company
> （在保險公司上班）

　　另一方面，office 就如同定義「被做為工作場所使用的建築物、樓層、一室」，其中蘊含強烈的「工作場所」意識。

> go（get）to the office （去公司〔去上班〕）

只是「去上班」的英文，將 work 做為名詞使用

的表現較為常用。

> go to <u>work</u> （去上班）
>
> commute to <u>work</u> （通勤上班）

另外還有 firm 這個單字，同樣是表現「公司」。這通常是表現主要由兩人以上合資所經營的「小公司」。

> She works for a local <u>firm</u>.
>
> （她在當地一間小公司工作。）

（問題）

(1) He sometimes goes to his（company / office / firm）even on Sundays.
他就算是週日有時也去公司。

(2) My brother works for a big（company / office / firm）in Tokyo.
我哥哥在東京的大公司工作。

(3) I sometimes go to（company / office / work）on Sundays.
我有時會在週日去公司上班。

(4) He works for a law（company / office / firm）in London.
他在倫敦的法律事務所工作。

(5) The main（company / office / firm）is in London.
總公司是在倫敦。

解答　(1) office *「去公司」是 go to the office 或 go to work　(2) company
(3) work * 同①　(4) firm * 法律事務所不論規模大小都是 firm　(5)
office * 工作場所

charge ／ cost ／ expense ／ fee ／ price
收費、費用、價格

◆ charge
涉及服務的「收費」

◆ cost
涉及生產、取得、維持等的「費用」

◆ expense
「支出、經費」

◆ fee
支付給專門職業的「報酬」、入場費用或入會費等

◆ price
賣方為商品標的「價格」

　　日本夜總會或酒店、高級餐廳等，每桌除餐飲費用之外還會收一筆服務費，日文是「テーブルチャージ（table charge）」，不過這是和製英文。正確是：

cover <u>charge</u> （服務費）

　　所謂的 charge 是如電費、瓦斯費、停車費、飯店住宿費、配送費等，<u>對於一定服務所支付的服務費或使用費</u>。

room <u>charge</u> （住房費）

delivery <u>charge</u> （配送費）

extra <u>charge</u> （追加費用）

　　涉及企業經營或設備等的維持費稱為 running cost，<u>cost 就是涉及生產、取得、維持等的「費用、經費」</u>。

running <u>costs</u> （運轉費、經常成本）

production <u>costs</u> （生產成本）

living <u>costs</u> （生活費）

food <u>costs</u> （伙食費）

household <u>costs</u> （家計費用）

<u>expense</u> 基本是一般的「費用、支出」，涉及

工作或目的的「經費、實際費用」。

> expense account （報銷帳目）
> public expense （公費）
> travel expense （旅費）
> all expenses paid trip to Taiwan
> （贊助商全額支付的台灣旅行）

支付給醫師、律師等專門職業的費用，換句話說「酬謝、報酬」是 fee 的基本。只是，也有這樣的用法。

> entrance fee （入場費）
> admission fee （入學費、入會費、入場費）

其他還有 price，**是賣方為商品制訂的「價格」**，如果是複數形的 prices 則是從「為整體商品制訂的價格」，衍生成為「物價」之意。

274

（ 問 題 ）

(1) They had to raise their（charge / cost / expense / price）because of rising（charges / costs / expenses / prices）.
由於成本提高，他們必須提高售價。

(2) She always travels first-class regardless of（charge / cost / expense / price）.
她不論支出高低，總是搭乘商務艙飛行。

(3) The（charge / cost / expense / price）of fuel keeps going on.
燃料費持續高漲。

(4) The gallery charges no entrance（charge / cost / expense / fee）.
那個美術館免費入場。

(5) What is the（charge / cost / expense / fee）for a night in the hotel?
這間飯店一晚的住宿費是多少？

解答　(1) price, costs * 生產相關經費是 cost、價格是 price　(2) expense * 一般的支出　(3) price * 燃料價格　(4) fee * 入場費是 fee　(5) charge * 為服務支付的費用是 charge

275

break／rest
休息

◆ **break** 中斷活動的「休息、休假」

◆ **rest**
活動後「讓身體休息、睡覺」

我們會說「要不要在這附近，喝杯咖啡休息一下」，不過 a coffee break 指的是「職場中大概早上十點還有下午三點，員工稍微休息的咖啡時間」（英國也會說 a tea break）。

break 意指偶爾為了休息、一邊吃點東西，暫時中斷活動，又或暫時休假不工作。不僅職場，學校等場所如果說 a lunch break，會變成是「午休」的意思。

> a lunch break （午休）
>
> a Christmas break （聖誕假期）

英國也有這樣的用法。

> We have a ten minutes' break between classes.
>
> （我們每堂課之間有十分鐘下課休息時間。）

美國會用 recess 取代 break。

前文已經提過的動詞的 break，意指處於穩定狀態中的某物遭受瞬間外力而「毀損」，只要將「休息」想像成破壞正在工作的活動狀態，或許就能理解了吧。

「突破」陷入瓶頸的狀態也是 break，從中也衍生出「（成功）機會、良機」。

The factory fired 300 workers, but they gave me a break. （工廠裁掉了三百名員工，但是我運氣好沒被裁到。）

對方讓自己感到煩躁，希望對方停止時也能用break。

Just give it a break. （夠了。）
Give me a break. （放過我吧。）

rest 基本上是在表現活動結束後什麼都不做，讓身體休息或睡覺。

a rest house （提供旅人投宿的簡易住宿）
a rest home （〔老人或病人的〕療養所）

美國主要在劇院或餐廳等公共設施中，會常用 rest room 做為廁所的委婉表現。

一般的「休息不上班」有以下表現。

He's on holiday ／ vacation. （他正在休假。）
He's off today. （他今天休息。）
He took a day off. （他請了一天假。）

（ 問 題 ）

（1） Let's take a （break / rest） for five minutes.
我們休息五分鐘吧。

（2） Try to get some （break / rest） now – you've got a busy day tomorrow.
現在試著休息吧。你明天會很忙的。

（3） You need a good night's （break / rest）.
你需要好好休息一晚。

（4） I'll read these books during the Easter （break / rest）.
我會在春假期間閱讀這些書。

（5） We have a 15-minute （rest / recess） between classes.
我們每堂課之間，有十五分鐘的休息時間。

解答 (1) break　(2) rest　(3) rest　(4) break　(5) recess

economy ／ economic ／ economical
經濟的

◆ **economy**
名詞「經濟、節約」、名詞前是「經濟的、實惠的」

◆ **economic**
形容詞「經濟的、經濟學的」

◆ **economical**
形容詞「經濟的、節省的」

　　大家知道環境問題的關鍵字「ECO」，源自 ecology 嗎？

　　ecology 意指「生態系、環境保護」，源自希臘文意為「家、住處」的 eco，所以是將地球整體視為家園，「思考地球整體的學問（logy）」。

　　話說回來，economy 以語源的角度拆解就是「eco（家）＋ nomy（管理）」，原義就是管理家園。

　　economy 做為名詞使用，意思是「經濟、節約」，也可以放在名詞之前做為形容詞使用，意思是「經濟的、實惠的」。

> economy class （經濟艙）
>
> economy pack （經濟包）

　　「環保車」原本是像電動車或油電混合車那種，對環境友善的車輛（＝ ecology car），不過因為同時也是「節能車」，所以或許也能說是 economy car。

　　economy 的形容詞根據不同意思，有兩種用法。

　　過去曾有過「economic animal（經濟動物）」這樣的詞彙，形容為了經濟成長不顧自身形象打扮、

拚命工作的日本人，economic 就是意為「經濟的、經濟學的」的形容詞。

> economic superpower （超級經濟大國）
>
> economic reform （經濟改革）
>
> economic recovery （景氣恢復）
>
> economical shoppers （經濟的賣家們）

還有一個形容詞是 economical，意為「經濟的、節省的」。前文所說的「節能車」，也能以 economical car 取代 economy car。

（ 問 題 ）

(1) Buy the large（economy / economic / economical）pack!
買那種大包的經濟包！

(2) It would be more（economy / economic / economical）to buy the bigger size.
買大一點的比較實惠吧。

(3) （Economy / Economic / Economical）growth is slow.
經濟成長遲緩。

(4) In the current（economy / economic / economical）climate, we must keep costs down.
在目前的經濟狀況之下，我們必須持續降低成本。

(5) We are flying（economy / economic / economical）.
我們搭經濟艙飛行。

解答 (1) economy＊慣用表現「economical pack」 (2) economical＊後接名詞時也可用 economy (3) Economic (4) economic＊「經濟狀況」是 economic climate (5) economy＊fly economy（class）是「搭經濟艙」

結語

這是二十幾年前，當我剛到全國首屈一指的升學名校——埼玉縣立浦和高中任教沒多久時發生的事情。在寫作課中，我提到 "Tokyo Tower is the tallest tower in Japan."（東京鐵塔是日本第一高塔。）這句英文時，有學生問：「Shimiken，可不可以用 highest 取代 tallest 呢？」我輕鬆回答：「當然 OK 啊！」搪塞了過去，同時卻心驚膽戰地心想：「要是被問到兩者差別該怎麼辦？」

下課後回到職員室，我立刻詢問擔任 ALT（外語指導助手）的英國人，還是沒能獲得明確回答。我想，可能是因為**母語者能夠下意識區分使用**，所以無法說明吧。

我因此查閱各種英英辭典，後來才瞭解，tall 與 high 好像是視線方向的不同。換句話說，兩者差異在於 tall 是投注視線由下而上，high 是只有從高處投注視線（詳見第 104 頁）。

當時每次上寫作課時，都會身陷問題風暴。如今回首當年，那時候正因為希望面對任何問題都能應答如流，所以想徹底鑽研英文的心情，讓我每天捨不得浪費片刻休息時間，專注研讀英文。我想，正因為

有那樣的經驗，才會有如今身為英文教師的我。

　　本書以我在浦和高中時期所學為中心，將去年根據學生提問或課程筆記，在《朝日英和新聞週刊》連載的「清水建二的對照搞懂英文單字」大幅補充後所完成的書籍。《朝日英和新聞週刊》是以具備一定英文程度的讀者為對象，所以將相關內容彙整成書時，也重新編輯成初學者也能容易理解的內容。編寫之際，承蒙負責編輯的大和書房編輯部的草柳友美子女士提供寶貴意見，藉此機會表達感激之意。

清水 建二

令和元（二〇一九）年六月

國家圖書館出版品預行編目資料

英文同義字圖鑑：超圖解！秒懂英文同義字正
確用法／清水建二著；鄭曉蘭譯. -- 初版. -- 臺
北市：皇冠, 2021.3　面；公分. --（平安叢書；
第0677種）（樂在學習；15）
譯自：くらべてわかる英単語
ISBN 978-957-9314-98-5（平裝）

1.英語 2.同義詞 3.詞彙

805.124　　　　　　　　　　110001572

平安叢書第0677種

樂在學習 015

英文同義字圖鑑
超圖解！秒懂英文同義字正確用法
くらべてわかる英単語

KURABETE WAKARU EITANGO
by KENJI SHIMIZU
Copyright © 2019 KENJI SHIMIZU
Original Japanese edition published by Daiwa shobo
Co., Ltd
Chinese (in Traditional character only) translation
copyright © 2021 by Ping's Publications, Ltd.
Chinese (in Traditional character only) translation rights
arranged with Daiwa shobo Co., Ltd through Bardon-
Chinese Media Agency, Taipei.

作　　者—清水建二
譯　　者—鄭曉蘭
發 行 人—平雲
出版發行—平安文化有限公司
　　　　　台北市敦化北路120巷50號
　　　　　電話◎02-27168888
　　　　　郵撥帳號◎18420815號
　　　　　皇冠出版社（香港）有限公司
　　　　　香港銅鑼灣道180號百樂商業中心
　　　　　19字樓1903室
　　　　　電話◎2529-1778　傳真◎2527-0904
總 編 輯—龔橞甄
責任編輯—蔡維鋼
美術設計—李涵硯
著作完成日期—2019年
初版一刷日期—2021年3月

法律顧問—王惠光律師
有著作權・翻印必究
如有破損或裝訂錯誤，請寄回本社更換
讀者服務傳真專線◎02-27150507
電腦編號◎520015
ISBN◎978-957-9314-98-5
Printed in Taiwan
本書定價◎新台幣350元／港幣117元

●皇冠讀樂網：www.crown.com.tw
●皇冠Facebook：www.facebook.com/crownbook
●皇冠Instagram：www.instagram.com/crownbook1954
●小王子的編輯夢：crownbook.pixnet.net/blog